如何成爲名嘴——
公益與私利兼具的演說

Speaking for Profit and Pleasure

Making the Platform Work for You

William D. Thompson

ISBN:957-8637-82-9

Speaker 出版總序

現今的世界是一個注重溝通及訊息大量快速傳遞的社會，也是一個需要懂得適時表達自己意見的時代，當意見的表達夠清楚明瞭，對方懂得你的意思時，許多事情才能順利進行；反之，則可能影響到事務進展的效率，甚而產生不可挽救的後果，大則如：一筆高利潤的生意就此泡湯或國家形象受挫，小則如：朋友間感情破裂。古人云：「一言以興邦，一言以喪邦。」這句話正明白揭示了語言的影響力及其重要性，但也不禁讓人玩味的是：怎麼樣的言語何以能興邦或者喪邦？有人認為說話有何難，這是不瞭解個中三昧的人說的話：其實，語言表達的學問可不簡單，所謂「一樣米養百樣人」，每個人因為生活經驗、教育程度、人格特質等因素，對於訊息的接收會有不同的解讀與感受，因此，訊息的傳遞若要能達到特定的效果，勢必要對於聆聽者與環境等相關因素有所瞭解，由此發展出一定的技巧並運用妥當始能竟其功。

揚智出版公司這套Speaker系列叢書的規劃，即是在一個觀念的認知下產生的：成功的演說（不論型式與目的）是需要高度技巧的活動，當中融合了知識力、情緒力與判斷力，整體而言，就是一門藝術。而此套書即在提供基本概念、理論基礎、技術分析及實務操作上的知識與資訊，以此建構出演說的自信心，期能嘉惠社會上各界的朋友。

水能載舟，亦能覆舟。企盼讀者在閱讀了本系列叢書之後，能「如魚得水」，不僅能喜好演說、享受演說，也能因演說而獲得幸福與財富！

來自國際主持人協會的話

如果你已擁有這一系列有關於公開演講的著作後，還有誰會需要另一本類似的書籍呢？誠如各位所言，這畢竟是一項需要藉由練習與「身體力行」才能學得其精髓的技巧。

以上所言不假，但是，來自於那些曾經和你處於相同狀況的人們所洞析的心得與經驗，或許有助於減輕你在這條路上將遭遇到的某些困難與挫折，並能針對如何處理怯場與結巴的演說技巧，提供唾手可得的建言。

總言之，如果練習是使公開演說得以表現傑出的最佳解決方式，那麼在國內為何又會有如此多的演講者無法有效率地進行演說呢？各位不妨想想，許多政治人物、企業主管、專業銷售人員、教師及傳教士們之所以無法打動聽眾的心，是因為他們犯了某些基本的錯誤。例如，講話速度過快或內容太過冗長，並且事先未做好妥當的準備，以及忘了去分析他們的聽眾。

下列這種狀況可說是屢見不鮮：我們常假設由於自己在傳達時已竭盡全力，因此人們自然能瞭解我們所言。但是，沒有任何事情能比事實更令人啞口無言！聽眾對我們所做的判斷，係以他們「認為」我們所說的，而非以我們意圖傳達或真正的意思來作為基礎。簡言之，我們所傳達的意旨及我們的可信度才是吸引聽眾的最主要關鍵。因此，此系列叢書的付梓，便是要對各位的傳達過程提供幫助，讓你好整以暇地應付各種突發狀況，警告你各種可能的陷阱，以及因而達到確保聽眾們所接受到的訊息與你所想要傳達者完全一致的目標。

本系列叢書提供給各位的，乃是許多與演講有關之領域中的專家們累積多年的智慧心血結晶。這些著作都是由受過學術訓練的專家們所編撰，他們在撰述、從事演講及教育訓練方面，都有數十年的經驗。這套叢書涵蓋了與演說有關的各項領域：如何編寫引人入勝的講稿、運用故事敘述與幽默感、針對不同的聽眾群設計投其所好的特定主題、激勵人們做出回應、利用科技來做介紹或發表，以及其他的重要主題。

不論你是一位毫無經驗或是純熟老練的公開演說者，此系列叢書都值得你典藏閱覽。因為不論你多麼優秀，必定仍有精益求精的空間。成為一位更有效率的演說者之關鍵就掌握在你手中：你是否願意依照這套叢書中所概述的各項技巧與建議，來做自我進修式的練習？

我真的相信：每位衷心希望能成為一個信心十足、魅力無窮之公開演說者的人，必定能遂其所願。在這個領域中的成功或失敗，完全決定於你的態度。天底下並無所謂的「毫無可能之事」，有志者，事竟成！因此，你如果想要增強個人與職業上的成就，我鼓勵各位藉由下列兩個途徑而成為一個更優秀的公共演說者：

◆詳細閱讀此套叢書。

◆坐而言不如起而行——練習你由書中所學習到的技巧。

——泰倫斯・麥肯（Terrence J. Mc Cann）

國際主持人公司執行理事

來自全國演說者協會的話

若想成為一位真正的專家，學校絕不是解決的辦法。此系列叢書的問世，便是為了將各種觀念及資訊，與那些企圖讓自己發展為演說者的人們一起分享。身為一個擁有超過三千七百位專業演說者，且致力於使演說及其價值更為精進的團體，全國演說者協會對此套涵蓋範圍廣泛、極具教育性的鉅作深表歡迎。

專業演說的領域乃是由許多才華洋溢、來自各行各業的人們所組成，其中包括：諮詢顧問人員、訓練人員、教育學者、幽默作家、企業專家、作者及其他不勝枚舉的許多人。全國演說者協會將這些來自於四面八方的專業演說者聚集在一起，以便為他們的客戶提供更好的服務，使他們的事業得以提升，並幫助他們的個人與專業發展能更上一層樓。

在此系列叢書中，各位將可看到全國演說者協會的成員們所提供的各種專業知識與寶貴經驗。這種觀念與知識的分享，乃是全國演說者協會之會員的一項關鍵要素。全國演說者協會的創始人與會長——艾默里特士・卡維特・羅勃（Emeritus Cavett Robert）曾說過：「在價值上遠比第一手來得更為重要的二手事物，就只有經驗了！我們的生命極為短暫，沒有足夠的時間可透過嘗試錯誤法來進行學習；因此，最佳的途徑唯有讓你在『他人經驗』中去獲得提升」。

「資訊時代」已創造出一種對專業演說者的龐大需求；「教育」將成為全球最高度成長的行業之一，這也是不足為奇的結果。然而，可能讓我們感到訝異的是，當我們在談到教育時，所指的並不是傳統的大學院校，取而代之的是每天都在各大飯店與團體訓練場合中所進行的學習。提供這些學習經驗的「教授群」，通常都是學有專精的演說者。

在這項快速成長的會議業務中，演說者們乃是一項關鍵要素。依據美國公會主管協會的報告顯示，這個會議市場是個營業額高達七百五十億美元的行業。此外，根據美國訓練與發展協會的估計，光是在人力資源發展的領域中，每年的營業額成長就超過一千億美元。

置身於這個新世紀中的聽眾，將會與過去的聽眾截然不同。他們不再以作為一位靜坐聆聽及被動默從的聽眾為滿足；他們想要在學習中扮演一種主動積極的角色；並要求使用更易於理解的科技方式，來介紹或發表敏銳犀利的資訊。那些無法提供此類可讓聽眾加以運用的資訊與內容的演說者及訓練人員，馬上就會發現這些聽眾並不怯於「腳底抹油溜之大吉」。

有鑑於此，我們歡迎各位進入演說這個領域。當你在研讀此套叢書中的各冊內容時，你將會探索到公開與專業演說中的許多方面。各位即將開始參與一項重要的學習經驗——它將會拓展你作為一位公開演說者的視野，而且也可能灌輸你某種欲望，將演說作為你事業生涯中的一個重要層面。全國演說者協會，這個「專業演說的發表機構」，已準備好提供各位與演說這個行業有關的資訊，以及你在將演說這個職業作為一種抉擇時所必需的各項資源。

——愛德華・史肯奈爾（Edward E. Scannell）

全國演說者協會臨時執行副總裁

「如果你想讓你的專業演講事業一飛沖天，本書便是你的成功指南。這是一本實用、步驟規劃詳細的自我行銷書籍——在演講領域中為你開發出屬於你自己的目標市場。」

——格林娜．沙斯柏瑞（Glenna Salsbury）

專業演講者，著有《第一步的藝術》

「演講的領域正以驚人的速度在成長。威廉．湯普森所著的這本絕佳好書，為你提供了按部就班的好方法。威廉．湯普森對於收費演講的領域瞭若指掌。我們對這本著作有絕對的信心。」

——多蒂．華特斯（Dottie Walters）

華特斯全國演講者經紀公司董事長；出版《分享理念》雜誌；著有《演講與致富》

「這是一本絕佳好書。實在、有趣又非常實用。從這本書中，讀者可以學到新的策略、規劃新的方向、更可以發現無窮的新機會。」

——尼多．科賓（Nido R. Qubein）

創意服務公司主席；全國演說者協會會員及榮譽領受者

「感謝作者，他對演講企業作了廣泛、精確及清楚的介紹。本書是欲跨足專業演講者，以及在演講領域中已有豐富收入者的基本工具。就像本書的書名一樣，讀它會讓人感受到喜悅與利益。」

——丹娜．拉莫（Dana LaMon）

國際主持人協會合格演講者；一九九二年世界公共演講比賽冠軍；作者

「講了十餘年的『利益與喜悅』後，我敢保證，湯普森先生絕對清楚他在談些什麼。這本書『既詳細又具洞析力，文中除了充滿實用的方法』外，也警告讀者可能存在的陷阱，對於演講領域的主題更是面面俱到。這本書令我愛不釋手，值得推薦給所有有志加入此行業的人。」

——保林恩．哈維（Pauline Harvey）

合格的地方神職人員；國際主持人協會的合格演講者

「本書是學生們的一本絕佳資源，學生們可以從中學習到課堂中所無法學到的演講技巧。或許最引起學生們興趣的是，本書對業餘演講的成長做了一番深入的分析。更棒的是，作者還按部就班的教導個體如何將他們的公共演講技巧成功的推展出去，也為那些已經功成名就的演講者提供無數專業的利益。總之，本書可以解開學生們所有的困惑與需求，我對公共演講還能再多做些什麼呢？」

——大衛．里維梭（David Levasseur）

賓州西部契斯特大學傳播研究所教授；國際主持人協會遴選會員

「此書為演講領域上一本具系統性又結構嚴謹的手冊。除了全職演講者外，它也提供業餘演講者獨特且卓越的原則與機會。對於那些擁有主業，又兼有演講副業的演講者而言，本書可以讓他們的市場更為廣闊。」

——艾德恩．賀拉茲（Edwin A. Hollatz）

伊利諾州威頓市威頓大學語言傳播學系教授

序言

——威廉・湯普森（William D. Thompson）

撇開本書的客觀性不談，在此我必須聲明，這本書是我生命的結晶。

我在二十幾歲時所得到的第一份工作，是在專科學校教授演講課程。後來，在西北大學拿到演講傳播博士學位後，我開始到大學任教，同時也推展神學研習課程，之後，又在英國劍橋大學教了一年的相關課程（查理王子也是我班上的學生——我總算沾上一點虛名！）。那幾年中，我不斷的寫作，到處演講，收入極為豐富。接著，有十二年的時間，我分別在三個大陸舉行四天密集式的傳教研習營，前後訓練了數百位美國陸軍及美國海軍牧師。

離開學術界進入商界後，我將傳教性質演講轉變為勵志性質的演講，而學院性質的演講轉變為演講技巧訓練營，這種訓練營的主要對象為企業高級執行者。除了指導他們的演講技巧外，我還為其中某些人寫演講稿。另外，我還利用空閒時間經營了一家演講者仲介公司，在經營那家公司的八年中，我為社區安排了免費的演講者，也為企業公司行號推薦收費演講者。經由此演講者仲介公司，我有幸與數百位演講者接觸，有的收費，有的則是免費的，這樣的經驗讓我更對演講領域有了更深的體認。我發現，在全國演講者協會、全球經紀與仲介團體、美國訓練與開發會社等機構的會員協助下，我的演講仲介公司迅速的成長與擴張。最近當我在演講者俱樂部時，更發現到隨時保持自身演講技巧鋒利的價值與優點，我在那裏變成了一位全能的演講者會員，被推選為俱樂部的教育副董事長，還抱了一個「最佳演講者」的獎杯回家。

我寫了不少關於演講與聆聽的書籍，希望能對相關的領域有微薄的貢獻，同時也在我所創設的公共研習營「演講是第二份薪水」中，幫助一些極具潛力的未來演講家。

我希望你在讀完這本書之後能夠有所領悟，因為我認為站到人們的面前告訴他們你所知道的事情、談談他們所相信的事情、與他們溝通某些事情，這是非常重要的，因為這是改變世界的方法！

目錄

前言

你為何要打開這樣一本專談公共演講的書呢？如果你想要從中學習如何準備及演出一場演講的話，那麼你可能會對本書感到失望，因為這並不是我們出版這本書的目的。我們的目的是將公共演講放在未來的希望上，讓那些有志於此的人能透過公共演講的領域達到提升生活的目的。

有始以來，公共演講便一直存在。公共演講可以遠溯到西元前五世紀第一所演講學校成立之前。當時，人們為了與他人分享自己所知、讓人們笑或是想要改變人們心中的想法，於是便站起來對一群人講話。

隨著生活文明的演進，公共演講的研究也變得越來越複雜。那些有志於此領域者，其所能利用的協助性資源也就越來越豐富——書籍、錄影帶、錄音帶、課程、研習會等，都在人類溝通上提供了詳細的原則與規定。

人們比較不瞭解的是公共演講在我們的社會中所扮演的角色，尤其是在商業領域中——誰來講？為何而講？其結果又是如何？本書要帶領讀者跳過其表面的意義——如「公共演講對我們國家社會的重要性」，深入一探訓練師、演講者俱樂部、執行長的股東大會演講、幽默專家在年終大會上的演講、勵志性演講者在銷售聯盟大會上的演講、大專院校巡迴演講、扶輪社午餐會演講、財務規劃專家在研習會上對顧客及潛在顧客的演講、政治家們為選票而做的演講……，這份名單列得完嗎？本書將會回答一些細節性的問題，我為何要對公共演講投入那麼多的時間與精力，或是加入任何一個演講協會，或是去閱讀一本公共演講的書籍呢？

其中的一個目的就是為了得到快樂。許多人喜歡演講純粹只是因為他們從聽眾的熱烈回應中得到快樂，並覺得自己正在改變這個世界。有些人喜歡演講則是為了酬勞，有時候所獲得的酬勞是很可觀的。不過即使如此，在其賺錢的同時，他也從中獲得很大的快樂。因此，對於那些想要找到演講速食方法的人而言，單看本書書名《如何成為名嘴——公益與私利兼具的演說》，也知道必須費上一番功夫來研究，研究此一人類最古老的活動，以及自己是否適於加入。

我們首先要看的是公共演講的「原因」，而不是那些訴求標準法則的演講目的——傳訊、勵志、娛樂或是說服。我們所要闡述的是，人們加入公共演講活動所具有的價值，然後我們還要超越「原因」——對演講者、社區以及演講者職業的價值，進一步的提供實際有效、步驟性的方法，讓有志於此者除了能夠開發出公共演講的技巧外，也能夠實際獲得財務上的豐富收入。

本書第一部分所談的是關於，對公共演講懷有極高興趣者的價值——不論是個人發展，或是為了服務社區，或是為了追求工作上的表現。

第二部分所要探討的是，學習及幫助他們學習公共演講的領域。很明顯的，不論你是學習或是教授，或是兩者兼備，那樣的成長都將帶來無數的財富。

第三部分則將探究公共演講的廣告世界。這部分將會吸引那些自信自己所說的話將直接或間接有助於收入的人們。同時，這部分中的各個章節也將提供大量、深入且實際的協助，讓人們可以真正的獲得那些收入。的確，就兼職演講與全職演講的幾個章節所組成的詳細手冊，便足以成功的造就一位演講者的豐富收入。

最後一部分則是站在高遠的角度來看這個領域，它提供了無數以此維生的公共演講者與機構的故事——他們彼此提供指導、顧問、產品、設備、行銷支援以及聯盟等的需求。

如果閱讀這本書會讓你大呼「沒錯！這種事情我有能力做得到……我可以把那個技巧運用到我的工作上……我可以講那個主題……我可以看到我在公共演講領域中可能獲得的成就……我可以看到我所選擇的那門課程的價值……我明白那些要素是怎麼結合在一起的……我相信我會有一番作為的」，那麼，我們也就達成了出版這本書的一個最大的目的了。「我會有一番作為的」——沒錯！這就是你的目的，你人生世界中的目的。

1 責任社會

言論權

如果你是一位美國公民，那麼在這塊自由土地的憲法保護下，你會享有完全的言論自由。此外，這項權利還將延伸到你的友鄰及同事的身上，讓他們可以自由的表達他們對這個國家社區及對他們本身的態度及意見。

相較於美國的言論自由，身為極權國家的子民，人們的言論尺度完全視當權者個人的法律而定，而在我們的國家中，我們的子民可以自在的探討及辯論時事及爭議性的問題，從這裏也就可以看出兩種不同體制的生活品質差異。從個體國民在學校董事會議上的大發言論，到美國參議員在議會中的演說，不分階級和角落，每個人都享有絕對的發言權。

雖說人民具有充分的言論自由，但若想透過言論來改變一個施行已久的政策或是國家政策，可就沒有我們想像中的容易了。即一個自由國度的子民永遠都無法避開公共言論的領域。公共言論是一項智慧的考驗——發言者言論內容及邏輯的適當性會受到人民的檢視，而聽者則依據自我的觀點對發言者的言論做出各種不同的判讀。

這樣的體制雖稱理想，但卻不見得十全十美。縱觀我們的歷史，非裔美國公民、美國原住民及許多亞裔美國公民便不認為他們真正的享受到言論的自由，以及他們所期望的居住品質。現今，人口不斷在增加的拉丁裔美國公民便是最明顯的例子，他們的聲音至今仍然無法得到上頭的重視。此外，雖說美國婦女的聲音也得到當局者相當的重視，但是這樣的聲音卻是很短暫的，因為她們只能夠透過投票的力量來表達她們的意見和看法，然而，個人的生命畢竟有限，她們的聲音終究會隨著她們的生命入土。不過，隨著個體財富的增加以及利益團體組織的不斷興起，透過傳播媒體和決策的力量，他們可以多少對公共政策產生一些影響的力量。問題是，媒體公器的經營幾乎完全被財閥所壟斷，尤其是高成本的電視媒體。

要求言論自由的強烈觀念一直都未曾改變，甚至有可能更甚於以往。不論在國內的任何一個角落，人們永遠都擁有充分的說話權利。幾乎每一個社區都會有市民組織，目的在於促進街道更為安全、改善路燈的照明設備、更有效的經營地方政府、建構現代化的運輸系統及追求一個更健康的居住環境。商業組織則遊說政府訂定對商業有利的法令。而各種宗教團體的興起也提出了許多新的問題和行動。家長們更會在學校的董事會中要求董事及當局提高教育品質。同時，合法的公共有線電視頻道也很多，可讓人們有充足的發聲管道。

發言的機會

有多少人曾經面對著大眾侃侃而談呢?這個數字可能會令你不敢置信。他們是什麼人物呢?他們又為什麼要發表言論呢?其實這其中各式各樣的人都有，發表言論的理由也不盡相同。

如果你能夠一個星期一次的去觀察社區中所有的會議室，看著裏面發言的人正滔滔不絕的對著眾人說話，你會驚訝於那些發言者的數目。你可以從學校的教室開始觀察起——從幼稚園到鄰近大學中的學士推廣教育研習營，然後再到法院，你會看到律師正在義正詞嚴的試圖說服陪審團；接著你可以到醫院稍作停留，聽聽醫生開員工會議的情形；來到醫院的大廳，你會聽到某位相關的諮詢人員正在向醫院義工們傳授團隊精神的重要性；來到餐廳時，你會看到一位政府醫療代表人員正催促著餐廳員工加入某項免費醫療保險事項；到了社區大學時，你會發現一堆學生正大排長龍等著買票，他們要去聽一位內閣官員的演講，這位官員因為某種政策錯誤而被迫下台；還有一群會計師正抽空喝下午茶，他們目前正在幫他們的州政府審核教育預算方面的問題。

遍佈整個城市，一扶輪社俱樂部正熱烈的歡迎著一位來自區域紅十字會的義務演講者，他大力的鼓吹人們翌日到鄰近的消防站去捐血；一位神職人員利用午餐時間將人民聚集在教堂裏頭傳教；某家電器公司的二十一名員工利用下班時間聚集舉辦公司的慶祝會，二十一名員工輪流上台即席演講；一位參議員候選人在社區中心的資深市民大會上，向他們訴求他在社會安全及健保方面的立場；一位工會領袖向工會的會員解釋為何不接受公司所制定的新法之原因。

就其重要性而論，公開演說是一種潤滑劑，它可以讓國家這部機器的整體運作更加的順暢。

你的社區中有些什麼人在進行這些類型的演說呢？最近，一份針對某一區域（包括三個小城市）的研究指出，在以五百個成人為抽樣對象的調查中，有百分之五十五到百分之六十三的人曾在最近的兩年內演講過，他們的聽眾約有十人或者更多。其中約有四分之三的人在這兩年內至少舉行過四次的演講——大都是與工作相關性質的演講。誠如我們所能想像的，這些站在台上演講的人大都是以教育好收入高的人士為主。似乎，舉行演講的普遍和廣泛性要比我們大多數的想像高出許多。

國際演講協會是專業演講領域中的翹楚。自從一九二〇年成立以來，這個組織的成員大幅度的增加，也讓會員有無數機會去訓練他們的演講及領袖技巧。這個協會的組織遍佈世界各地，在這其中，有超過八千個分會其每週所舉行的演講場次便達二十到三十場之多，由此可見上台演講者數量之驚人。如果說每個分部每次所舉辦的會議都有三個人上台演講的話，那麼國際演講協會每次所提供的演講機會便高達二萬四千次之多，如果每個分部平均每年所舉辦的演講次數為四十次的話，那麼國際演講協會每年平均所舉辦的演講會便會高達百萬次之多，而這其中還不包括兩分鐘式的即席演講在內，若是再加上這些次數，則總數目有可能會是原來的二倍甚至是三倍！

就國家的層次而論，包含演講者在內的會議已經成為美國境內最大的工業了。貿易協會、個體會員團體及義務團體組織共同組成了美國社會執行協會（ASAE）。

> 會議工業的總資產為八十三億美元，每年花在會議、展覽會及研習會上的費用便高達五十六億美元。整個會議工業的營收佔全國國民生產毛額第二十三名。在一九九三年到一九九四年間，美國社會執行協會所舉辦的會議、展覽會和研習會便達375,980次之多，委派代表有272,146,200人次。[1]

事實上，不論付費與否，這些會議大多數都是由演說者自己主辦的。在最近這三年期間，會議及年度會議的增加率為百分之十一，教育研習會的增加率為百分之十九。舉凡我們所知道的各類會議都呈現快速增加的現象。除此之外，在海外也同步的出現巨幅成長的情況。

那些為數可觀的演說者本身也成立了一個屬於他們自己的貿易組織，這個組織稱為「國家演說者協會」（NSA），目前的成員約為三千七百名。這個組織中的每一位成員都是專業的演說者，至少都有十次以上的收費演說紀錄。這些成員每年都會舉行年度性和區域性的聚會，另外每個月也都會在三十七個地區或州舉行小型的聚會。在十一次區域性的會議以及一次全國性的會議中，全國校園活動協會便凝聚了無數的演說者和大學學生聽眾，在這些會議中，演說者無不使出混身解數爭取學生聽眾們的認同。

郵輪公司甚至還會僱請演說家上船為他們的遊客服務。有一家郵輪公司最近便僱請了一些演說家上船，他們在船上所談的主題包括南北戰爭、高爾夫球、園藝、酒、照相以及電腦。由於那些演說家都是以銷售技巧、全球經濟和領袖魅力的方式來演說這些主題，因此也為船上製造了不少相關的商機。

在許多小型的社區中，地方性的演說者每一場演講或是每一堂訓練課程的收費從五十到五百美元不等。若以公司的企業或是組織為主題的演講，企業體一般而言至少一次需要僱用二位演講者，這類演講的價碼每一場為二千美元。若是演講的對象為教育研習會的話，則每一場的費用為八百元。附屬在公司體制下的演講者，其收費方式大多以日薪計算，通常一天的價碼為二百到五百美元之間，另外再加上著書及錄音帶的銷售紅利。如果你覺得自己頗具演講天賦，自認能夠在演講企業中佔有一席之地的話，這個行業倒是一個不錯的選擇。

演講者也是凡人

雖說演講者所散播的力量對整個社會有著深遠的影響，但也不見得所有類型的演講都能夠具有如此廣大的魅力。若是員工不信任他們的掌舵者，那麼不論掌舵者如何努力的去包裝他的演講者，這個演講者都有可能會砸了公司的招牌。而口才精練如希特勒（Hitler）和史達林（Stalin）者，他們只要不停的去強化人性中的黑暗面，便可製造出一場殺戮。面對著一個民權團體，當一位市民提出似是而非的爭論時，他可能會達成某種的改變，問題是，當地社區的居民可能會因為這項改變而遭受永無止境的傷害。

就負責任的角度而言，演講所需要的絕對不只是技術上的技巧而已，技術技巧人人可由學習而得。除此之外，還有事前的研究、組織、語言以及演說技巧。昆提連（Quintilian）這位西元第一世紀於羅馬執教鞭的教師指出，標準公共演講的定義就是「良善者擅言」。一位傑出的演講者不僅須是一個良善之人，同時「還必須精於他所講的事物……不但要隨時注意其道德角色，還必須對事物的正反面知識都能夠詳細的掌握，如此才能真正稱得上是一位演講專家。」[2]

在昆提連時代的前幾個世紀，亞里斯多德（Aristotle）便在雅典告訴他的學生，要做到專精有效的演講需要具備三項要素；他稱這三項要素為說服的手段。他說，演講者必須要能夠提供聽眾可信的資訊，而且還要將這些資訊小心的加以組織整理，好讓聽眾得以理解並權衡其重要性。他把這個要素稱為「理念」。此外，他也強調，演講者要能懂得利用一種「憐憫的特質」去感動聽眾的情緒。激起聽眾的共鳴情感的方法除了要有純熟的敘述技巧外，在語言的運用上還要做到豐富、多變而且感性。他鼓勵演講者用隱喻來誘發聽眾的想像力。不過，他覺得最重要的一個因素是道德，這是最重要的說服手段，也就是我們現今文化中所謂的可信度。亞里斯多德寫道：思潮包含了能力、完整性和貼切性。最近某項研究顯示，其實聽眾並不見得能夠區分出這三種要素，但是這三種要素卻造就了演講者的表現日新月益而達數千年之久。

能力

能力（competence）是演講中不可或缺的一項因素，也就是指演講者對講題所具備的專業知識，而知識源自於個人的人生經驗、研究或是兩者兼備。雖說一位聰明的演講者有時候可以唬過一位愚昧的聽眾，但是並非所有的聽眾都是那麼容易被欺騙的，大多數的聽眾可以從演講的內容中判斷出演講者的能力。如果演講者能夠順利的通過聽眾的考驗的話，相信那一場演講的互動將會極為熱烈。

想要成為一位演講高手，除了要對演講主題作深度的挖掘外，還得要有親身經驗。對某些演講場合而言，你得進入你的知識庫中，挖空心思的去蒐集與找尋過去你所做過的事、所去過的地方、所經歷過的家庭危機、所克服過的事業挑戰及所做過的成功或是失敗的嘗試。對於那些「親身經歷過，親自做過」的演講者，聽眾給予他們的回應永遠是最熱烈的。

演講高手除了引用自己的人生經驗外，也能夠豐富的引用他人的人生經驗。一位人生經驗不夠豐富的演講者，他在演講時可能會引經據典的來強化他所要表達的主題，但是很快地，他就會洩露出他不夠紮實的底細來。如果演講者的人生經驗豐富，上知天文、下知地理，尤其熟知目前最熱門的話題——網際網路，則他的演講想必是盛況可期的。

完整性

其實聽眾是很難去判斷演講者的完整性，除非他們對演講者的人格極為瞭解。套一句我的老師曾說過的一句話「聽其言，也要觀其行」。「完整」（integrity）這個字是源於數學名詞「整數」（integer）這個字，意指一個完整的數字。聽眾期待演講者就是「一個完整的數字」，也就是一個能被賦予事實、正確及公正等條件聯想的人，而這也是身為演講者所必須做到的。與完整性具有相同意義的一個名詞為「特性」（character），有時候會被解釋為你的人格特性及你留給別人的印象。一位人格完整的演講者會將正反的觀念都告訴聽眾；一位人格完整的演講者不會去詆毀或是羞辱任何人；一位人格完整的演講者，他所講的內容和觀念都是禁得起挑戰的。

為什麼完整性對聽眾如此的重要呢？身處於這個文化中的聽眾，我們擁有絕對的價值去尊重是與非。雖說媒體是無冕王，但是我們依舊是受到法律約束的人民，我們必須誠實。我們所需要的是，對我們自己、對我們的子孫、對我們的國家有利益及正義的事物。

除了對明顯完整性之真正價值的追求外，每一位聽眾同時也都會被某種完整性本身的內在價值所強化。一位具有完整性的演講者——其目的清楚、具凝聚性又可預見，他絕對是得到無數人的尊崇與回應的。

貼切性

貼切性（goodwill）這個名詞在英文中並不常被用到，在公共演講的領域中更可說是完全的陌生。貼切性的意思是指，演講者的動機完全以聽眾的需求為中心。當年亞里斯多德在雅典使用這個名詞時，便遭到他那些所謂詭辯學者的老師們打壓，那些老師總是要求學生盡其所能的展現他們華麗的風格——精確的時間架構、精細的句子結構及極度煽情的故事。亞里斯多德身為人師後便不忘提醒他的學生，聽眾早晚都會看穿這種自私自我的演講技倆，只有真實公正的內容才不致走上被淘汰的命運。

很不幸地，亞里斯多德在二千五百年前的誠心忠告並沒有得到應有的回應。面對著演講的強大壓力，演講者偷工減料、抄襲他人的作品、誤用統計數字以及演講內容誇張煽情的現象盛行不墜。隨著現在社會步調的加快，這種壓力也不停的在升高，同時也突顯出了道德標準不足的現象與日俱增。不論參與任何一種類型的演講，聽眾對演講者的誠實態度有著越來越高的要求。一如你對教授、諮詢人員、神職人員、記者、配偶、銷售員或是管理人員的高標準道德（絕對的誠實）要求一樣，任何一位聽眾（包括你在內），都應該得到演講者的誠實相待，要求演講的內容必須禁得起求證。

對聽眾而言，當演講者所準備的內容充足又紮實時，他同時也傳達了高度的貼切性——這種貼切性是一種關心，目的是希望聽眾能夠從演講中獲得更多的知識，並引發更強的企圖心。其實聽眾是很能夠感受出演講者是否具有道德感的，這一點從演講者在演講前後所下的功夫就可以清楚的看出來。

注釋——

1. " Associations in a Nutshell," American Society of Association Executives, 1575 I Steet, NW, Washington, DC 20005-1168.
2. Reprinted by permission of the publishers and the Loeb Classical Library from Quintilian, *Institutionis Oratoriae*, vol. 12 translated by H. E. Butler, Cambridge, Mass: Harvard University Press, 1961.

18

如何成為名嘴——公益與私利兼具的演說

2
人格發展

那些追求公共演講技術的人，他們在人格發展上可能也會比較完整。他們可能會去參加演講訓練課程或是加入國際演講協會。透過這種方式，他們可以將自己變成一個更多才多藝的職員；或是透過研習會的方式，學習行銷自己專業知識的方法；再不然就加入付費演講的領域。總之，人生的美景就在不遠的前方等著你。

分享的喜悅

在難以數計的主題中，會有一個或多個主題是你所喜歡談論的。有可能一直以來你所談的內容都是以科技、時間管理或稅務為主；這些主題都與你的職業或是價值觀有關。現在，你看著自己站在台上，正口沫橫飛的傳遞著你所準備的內容。也許你會獲得一筆酬勞，也許你會得到某位教授或是聽眾的讚賞——不過，千萬不要忘了，你站在那裏最大的目的是要與別人分享你的觀念和人生經驗。或許你所說的話會造就某個人的一生，而那才是最值得慶祝的。

利他主義「無私無我的關懷他人的福祉」，這種觀念突顯出一項人類最美好的特質。就算演講者所欲談的是你個人古早的經驗，一樣會讓你的聽眾覺得值回票價。欲望是一種強大的催化劑，有了想要和他人分享的欲望後，每個人都會不停的向人傳達自己的思想及價值觀。許多具有高度演講天賦的人，終其一生不停的向學校機關團體傳達菸酒及藥物濫用的害處，只因為他們對這些主題的瞭解及體會幾乎是無人能及的。

公益演講最棒的部分是，演講本身所帶來的多重喜悅。尤其是當聽眾對你所講的內容出現熱烈回應的時候，你會深深的覺得自己所得到的酬勞不是金錢可以等量的，對你而言那是一份最好的禮物。你和聽眾的互動是對等的，你和他們分享的越多，他們想要與你分享的欲望也就越大，而你也就更願意掏心挖肺的付出。那種感覺就像愛情一樣，當你得到回應時，你就會心甘情願永無止境的加倍付出。

成長的喜悅

許多一心想從事公共演說的人，往往在還沒有開始的時候便放棄了。這些人可說都是演講憂慮症的受害者，因為他們都患有舞台恐懼症。一九七三年，發行於英國倫敦的《星期日報》研究指出，他們針對三百名美國公民進行調查，結果發現最讓他們感到恐懼的事物依序為：公共演講、高度、昆蟲、財務問題、深水、生病、死亡、飛行、孤獨寂寞、狗。當時人們對這方面的研究抱著高度質疑的態度，但是這家報社卻廣印這份報告來支持此一說法——大多數人對於公共演講其實是充滿恐懼的。參加演講課程或是加入國際演講協會，就是他們克服這類型恐懼的最佳機會。超越了這一道恐懼的障礙後，就是你跨入成長喜悅的第一步。

準備一場演講是成長喜悅的另外一步。有良心的演講者會在事前做完整的準備，他們會透過書本找尋資料，向知識豐富的人士請益，並搜尋自己過往的人生經驗，從這些管道中彙集他們的演講內容，從演講中找到前所未有的喜悅，這種喜悅是以前世代的人所無法經歷與體會的。不少演講協會的成員便覺得，每隔幾週就來一次新鮮且困難的演講主題，會讓他們的知識不停的擴充，同時也吸收到別人的人生經驗。

除了極端科技性的主題外，人類有限知識中的任何一個領域都是人人可以探討和瞭解的。就算是天體物理學、聖經注解學及神經科學等，也都具有各種不同的探討領域——只要你知道要到何處去找尋——這些領域都可以讓你投注精神去探索。知識的探索——這個世界上的知識每隔十八個月就增加一倍，據說多到可以讓演講者取之不盡用之不竭。從網際網路上或市面的CD軟體中，我們就不難得知這個世界上的知識其實是多到無法計數的。以前要取得資料只需透過圖書館即可，或是由《讀者手冊期刊》中找到所需的資料，而現在它卻成了一項極大的挑戰，因為資料實在太多了，多到必須耗掉不少時間來追尋，問題是，時間又是現代人類所極度缺乏的！不論在大學或是在專業領域中，熱衷追求公共演講技術者都必須要擁有精銳的研究工具。幸運的是，當人們在使用那些研究工具時，那些工具本身其實都已經具備有自我精確的條件了。它們不但可以協助演講者找到所需的資料，更可以突顯出相關的可用資料及找尋的技巧。公共演講的研究與進行代表著一場戰爭，一場與智力惰性對抗的戰爭，如此才我們的智力才不會一直處於停滯不前的狀態中。「教導」是學習事物的最佳方法。

> 我從事廣告業已有二十二年。我擁有自己的公司，也得到無數的獎項，我的資產高達二千二百萬美元，手下有五十幾名員工，三家公司及遍佈澳洲及倫敦的連鎖部門。但是，我非常害怕演講。曾經有不少的會議邀請我去演講，但都被我婉拒了，而我的對手便利用那些演講的機會大量的曝光，搶走了我們不少的生意。即使是碰到要對客戶介紹新促銷活動時，我也一定不忘把銷售員帶在身邊，然後對他說：「你上去講，好多吸收一些演講經驗。」我看起來就好似那位銷售員的啟蒙老師一般。經常，我會聽到人們說：「她很棒，對不對？她真的很會培養她的部屬。」

（續前頁）

其實，各位讀者都知道，我那是在培養我的部屬，我根本就是害怕得不敢上台說話。在結束了事業後，我也開始去別人的公司工作。之後，我的先生羅勃（Robert）對我說：「妳到我的傳播公司（那是一家以演講為主的公司）來幫我做事吧！我自己辛苦獨撐這家公司九年了，更何況你是一個女企業家，妳可以幫我經營公司的。」

我們兩人一起去參加全國演講高手對抗賽，雖然我極不想去但仍勉強的去了，不過我是抱著一種挑釁的心態去的。那是一場國際性的演講比賽，九位進入最後決賽的入圍者一字排開的站在台上，其中有一位我認為講得其差無比的參賽者竟然也入圍了。當我們回到後台的房間時我先生說：「妳看看妳，自己都不敢上台開口講話的人，竟然還在這裏批評一個敢面對二千位聽眾演講的人！這些人或許不是世界上最優秀的演說家，但是他們卻都有勇氣站到台上去演講！妳看看！他們之中有一個人是缺了雙腿的，有一個是眼盲的，還有一個女人說起話來口音很重，他們全都上台了，而妳呢？妳連只有三個聽眾的講台都不敢上！我走遍全世界各地，教導企業經理人拋開他們心中的恐懼，而我的太太呢？她和我一起工作，卻怎麼也不願學習上台演講——甚至連試也不願試！」為了這件事我們吵了生平最大的一次架。

回到紐約後，他帶我去參加一項全國演講協會會議。在那個地方，我連開口自

（續前頁）

我介紹的勇氣都沒有。但是到了會議即將結束之際，我毅然的報名入會。當時是九月，而我卻一直拖到十一月中旬才上台做我的第一次演講：我覺得自己已經緊張的快要死掉了。事前我練習了不下四千次之多，可是到了我要上台演講的前一個星期，我突然沒有聲音了。在距離演講只剩三天的時候，我開始出現嘔吐的現象。就在我上台的前一天，負責輔導訓練我的那位先生來電，他要我準備一些自我介紹的資料，緊接著，我昏倒了！當我先生發現躺在地上的我時，我的身旁還有一具電話。演講當天下午對我而言是一個全新的經驗，我完全不知道自己在做些什麼，只知道我的嘴中不停的講著那些練習了不下幾千次的內容。我一講完便迫不及待的衝出講堂。結果，我當選了當日的最佳演說獎！

這是我有生以來所碰到的最棒的事情，因為這次的演講為我帶來了一份很棒的事業。現在，每當我教導人們溝通的方法時，我能夠深深的體會他們內心的恐懼。其實，有時候雖然人們的外表看起來充滿自信，但是他們的內心卻有可能像是一個充滿了恐懼的小孩子。

——藍迪．代維斯．蓋德利亞（Ronde Davis Gedaliah）為紐約市蓋德利亞傳播協會會長，其所提供的服務包括基本政策演說、顧問及「結果性演講」研習營。

坦然的態度

演講有三個重點，除了上述所提到的分享的喜悅及成長的喜悅外，還有一個便是坦然的態度。

坦然的態度意即從演講中開發自己坦懷無私接受新觀念及新人的胸懷。參加演講協會的人或是參加全國演講組織（某分會或某一全國性會議）的人，在一進到會場時便立刻會感受到，所有在場的人個個都十分主動活躍，他們彼此關懷，也樂於接受演講會中所帶來的新訊息及新關係。協會的會員們總是無私的為彼此加油打氣，細心的觀察學習彼此的表現，不但毫不隱私的相互砌磋技巧，同時彼此間的情誼也不停的成長。全國演講者協會會員之間無私分享行銷與演講技巧行為，為彼此都創造了無限寬廣的空間。這種不分彼此的態度，讓他們在準備演講時能夠得到更充足的資源。而當他們在無私付出的同時，也吸收到了更多的知識。

語言技巧

若將一位認真專注的演講者和一位隨意的演講者作比較，兩者間最大的差異便在於語言的使用。聽眾可以立刻分辨出來那一位是在胡言亂語，那一位是真正用心的在演講。雖然開口說話人人都會，但這並不代表任何一個人都可以上台作一場「精彩演講」的。有些人有辦法把演講的時間不斷的延長，卻不會讓聽眾感到無聊或是引起他們的不滿。其中的秘訣為，國際性演講者能夠以精確的語言表達其觀念或感受，而這是臨時性演講者所無法達到的。

很明顯的，那些受過語言技巧高度開發的人，往往比較容易成為傑出的演說家。精確、豐富的詞彙對他們而言是易如反掌之事。大部分時間，他們的演講都能夠得到滿堂彩，但並不是所有的場合都是如此順利的。亞萊・史帝文生（Adlai Stevenson）就無法放下他貴族式的演講方式，和艾森豪（Dwight Eisenhower）那種具有深度草根性的說話方式形成極大的對比，或許正因為如此，才使得他在一九五二年的總統大選中慘遭滑鐵盧。相對的，馬丁路德（Martin Luther）二世便是相當具有說話天份的人，挾著他那波士頓大學語言學博士學位，在面對不同聽眾時，他可以是一個學者，可以是一位傳教士……完全因人而異。再加上他對法律正義的熱衷，他最後改變了整個世界。

僅具一般語言程度者若想要擁有一場傑出的演講，必須在語言上下苦功夫。他們也許會字字珠璣的去考究文法的完整性，不停的在字典中尋找替代性的字詞，尋找隱喻性的字眼等等，目的是為了讓聽眾「耳不暇及」。但是，這樣的努力是絕對做得到的。如果你也是他們其中的一員，你就會知道那樣做是值得的——那會讓你有一種成就的滿足感。沒有人天生就擅於做什麼事的，也沒有人天生就是一個傑出的演講家。我們天生下來就具有一種能力，就是把自己變成心目中理想的模樣，而純熟的語言追求便是其中的一項。

聆聽的技巧

由於公共教育課程及私人教育課程的長期忽視，導致企業界及專業領域中的成年人需要重新學習聆聽的技巧。業務量流失了多少？誤吞了多少的藥丸會引起消化不良？有多少的關係已經破裂？有誰知道，這一切其實都只是因為自己不懂得聆聽所引起的呢？

如何從研究公共演講中豐富自己的聆聽技巧呢？由於公共演講是演說者與聽眾之間一

種經驗的分享，因此演講的過程必須具有互惠性。不幸的是，聽眾很少——尤其是那些不是專程來聽演講的聽眾——能夠在聆聽演講的過程中分辨出自己應扮演的角色，就像那些聽政見發表會的聽眾便是最典型的例子。相對的，如果聽眾是專程來聽演講的，那麼演講者也許會引導他們仔細聆聽精彩的內容。一位教授有可能會透露一些聆聽的線索給他的學生們，好讓他們在學業上有所表現。如果你幸運的話，也許你在教堂參加聚會的時候，教堂中的神職人員也會告訴你該如何聆聽冗長的佈道。

從教導的過程中學習，幫助聽眾增進他們的聆聽技巧，其實也等於在增進你自己的聆聽技巧。你協助聽眾塑造出良好的聆聽技巧，仔細聆聽會議規劃者的意見，據此選擇你所需要的題材與語言。你在台上的一舉一動——與聽眾的眼神交流，感受到他們的情緒波動——都一再的顯示出，雖然你在台上演講，但是你卻很專心的在聆聽他們的心聲。也許你還可以更加把勁的凝聚聽眾的注意力，問他們：「你們聽得懂我的意思嗎？……從另一個角度來看這個問題……我來舉另外一個例子……我們來談談接下來的這個構想。」這些話不但是使演講更順暢的經典法則，也是訓練聽眾聆聽技巧的絕妙方法。

以真誠的演講態度對待聽眾的演講者，最容易獲得聽眾靜心的聆聽。而這樣的演講者，其本身也會變成一位更優秀的聆聽者，這就是聆聽的真諦。

思考的技巧

在準備公共演講過程中，你最大的收獲是組織演講資料的必然性。對演講新手而言，每一場演講都有開場白、主體及結語。在主體部分，你可以依照年代、地方、重要性、問題解決或是其他類型的秩序來安排。而在設計大綱時，切記要切合主題及聽眾的需要。你不妨使用不同的組織方式來強化每一個主要重點。細心體貼的演講者，尤其是致力於追求新題材的演講者，他們會養成以組織性的眼光來看這個世界的習慣：

◆「那張椅子一共有三個部分——椅腿、椅座還有椅背。」

◆「在我們討論解決方法之前，我們先來確定問題。」

◆「我們需要注意狀況出現的方式，它長得什麼模樣，以及我們的選擇空間有多少。」

◆「在我們下決定之前，我們必須考量到四種狀況。」

除了上述之外，演講者也要考慮到可能的動機。你自問，為什麼我的聽眾會相信我的觀念，並隨著我的節拍起舞呢？我是否明白聽眾為什麼會對演講者產生熱烈的回應呢？我知道他們有許多基本的生理需求，而我也許正好可以提供他們這些需求——如遠離危險。我也知道他們熱切參與這類社交活動的動機，因為他們需要也想要得到肯定。如果我為了迎合他們的需要而講一些順應社會標準的八股內容，我的演講是否能夠真正產生效果呢？在準備每一場演講時，每一位演講者都應該自問這些問題，而唯有如此不斷地提醒自己，演講者才能夠真正發揮影響力，也才能夠把影響力擴散到整個社區、工作場所和家庭。

認真負責的演講者，其學習思考的另一種方法是，確定該如何使用資料以證實自己觀念的正當性。例如，你想要幫助你的零售商強化其對顧客的服務，但是他們幾乎完全沒有接受過相關的訓練。這時，你所要強調的唯一重點是——良好的顧客服務對零售商的重要性。由你的最主要觀念切入，然後再舉例輔證你的觀念的適當性——也許你可以舉一些正反面的真實例子，這種方式就稱為演繹法。再不然，你也可以在一開場的時候就以故事的方式帶出，然後在演講結束的時候再切入你的主要觀念，向你的零售商強調若不重視顧客服務，他們的飯碗最後可能會不保，這種方式稱為歸納法。不管演講者使用的是那一種推論結構，這兩種方法都具有提升演講者思考技巧的功能。

此外，當面對因果論的推理時，演講者可以從中學習到更清楚的思考方式。例如，如果你主張應該「減稅振興經濟」，那麼你就要提出你的理念——消費者有了更高的消費能力後，將可製造更多更高薪的工作。不論你的理念是從原因推到結果，或是從結果推到原因，亦或是由結果推到結果，這個推論的思考過程會讓你意識到，其實你的推論邏輯終究擺脫不了演講者、廣告和媒體的影響。

許多研究公共演講的人最後都會發現，他們的思路在不知不覺中變得更清楚，而這些人往往也成為企業主高薪聘僱的對象。大衛・瑞德（David Reed），芝加哥安德森人力資源顧問公司總監，他便明白的表示「我們尋找聰明的人。我們所要找尋的人才是那種懂得精確思考的人，那種在下決定之前能夠正、反面考量，面面俱到的人。」[1]

領袖技巧

據說，領袖能力始於勇於表現。但是，接下來就要看其對眼前重要事物的表達能力，以及是否有辦法說服人們去追求他們的目標。的確，有一領袖能力的定義是，在一堆毫無組織的群體中，不管是誰站出來說話，他就具備有領袖能力；而這些人中，說話最能服眾的人便能成為真正的領袖。

領袖能力除了要具備有個人的特質——誠實、眼界及彈性外，最佳領導者通常也必須是最佳溝通者。我們很難想像一位企業主在公司的董事會上支唔其詞、不知所云的景象會是何等模樣。就算這個人不上台說話，但是不管是何種企業的領袖，在公司，他還是必須具備整合各方意見的能力，並將整合出來的明確結果透過語言清楚的傳達出去。

公共演講技巧真的能夠培養出領袖能力嗎？未必。影響領袖能力的層面有很多，要視不同的情況而定。不過，如果你想要成一位領袖，那麼先決的條件是你要成為一位演講高手。詹姆士．何姆士（James Humes），一位專業的演講家兼作家，他指出，美國政治科學家學院宣稱，雷根（Reagan）總統是所有美國歷屆總統中最能夠成功推動其理念的總統，是繼羅斯福（Franklin D. Roosevelt）總統之後，另一位溝通高手。何姆士寫道：

> 雷根本身也許並不是一位行動派的行政長官，但是每當這位「偉大的溝通者」開口說話時，他的下屬無不全力以赴。他懂得激發人心，懂得帶領部下。他的訣竅是什麼呢？沒錯，就像羅斯福和邱吉爾（Winston Churchill）一樣，他們都深諳領袖的語言魅力。[2]

毫無疑問地，公共演講的修練的確可以培養出領袖氣質及技巧。例如，就語言的使用而言，舉凡大學的語言教授或是演講協會指導員，都會指定你研究這門學問。在研究過程中，你會學到如何利用語言的力量來誘導出聽眾心中的自我形象。假設你正在對一群工會的會員演講，你想要在這些聽眾心中打造出努力勤勞的形象，言談的過程中，你也許會注意到，有時候他們對上層管理人員充滿戒心。在知道他們形容管理階層的語言之後，你說「你們可能會認為穿西裝在這家公司就代表著權力，可是我要你們瞭解……」（這是一種轉喻的手法，利用一個特殊的名詞來代表某種人）。演講者利用某種語言特色在聽眾的心中製造出一種形象，這樣不但可以使那個名詞具有生命力，也可以引起聽眾熱烈的共鳴和回應。其實，真正能夠引起聽眾共鳴的演講，是那些內容清楚、結構嚴謹、用詞精確有力、突顯主題的特色、尤其是具有娛樂性的演講。相對的，那些講話老是不停重複，或是每開始說一句話時便會加上「嗯」、「現在」、「好」等口頭禪的人，還得再加緊努力才能達到傑出領袖的標準。

我剛剛填完「傑出演講人獎」的申請表格。縱觀去年一整年，我的十場演講標題，就有如在讀一篇生命的樂章一樣。

加入華盛頓區的聯邦演講俱樂部是人生更大計畫的一部分。終其一生，我的父

（續前頁）

親一直是加州洛城市一位十分活躍的演講家。還記得小的時候「協助」他練習演講的情景。他總是站在母親的大型穿衣鏡前，一次又一次的練習台風和姿勢。六歲那一年，我是父親最佳的聽眾和評審。那個星期二晚上是他上場比賽的日子，我坐立不安的在家中期待著，不知道他是否會抱回牙克牙克獎——木製的獎座上嵌著一付大牙齒，結果他真的贏回了那個獎座。

在加入演講協會時，我的工作是美國交通部派駐白宮的通訊官。那段時間，我固定在星期三的中午和一位加入演講協會的同事碰面，自此之後，不論是在技巧上、友誼上及專業發展上，我的進步相當神速。

演講協會讓我懂得冒險的道理。在邁向專業演講者的道路上，我的際遇充滿了驚奇。參加演講協會的最後一場演講，我以全國婦女政治幹部會議理事長代表的身分出席演講。協會所教導的技巧讓我在八百位聽眾的心中留下深刻的印象。今天，我所領導的這個全國性的組織，其所服務的主要對象便是那些準備參選的婦女或是當局的高級女性官員，為她們打造並訓練出專業的形象，同時也是她們背後的支持力量。

我唯一感到遺憾的是：我很希望父親能夠看到我得到那座代表演講榮譽的牙克

（續前頁）

牙克獎。3

——艾妮塔・普立茲・佛格森（Anita Perez Ferguson）是華盛頓區全國婦女政治幹部會議理事長。

注釋——

1. David Reed," To Surprising Degree, They Get Jobs," *The Philadelphia Inquirer*, May 13, 1996, p. C3.
2. James C. Humes, *The Sir Winston Method: The Five Secrets of Speaking the Language of Leadership* (New York: William Morrow, 1991), p. 13.
3. Anita Perez Ferguson, *The Toastmaster*, December, 1995, p. 21.

3

社區服務

那些因得到社區團體支持而找到自己演講坦途的演講者，總是從回饋社區的過程中獲得高度的滿足感。與人們溝通、向人們傳達觀念，這是演講者所秉持的價值觀，因為他們相信聽眾可以從他們的演講中受益。雖說這些演講者和其他人一樣都具有同等的機會，可以透過對話、著書、寫文章、上廣播電台等等的方式來傳達他們的理念；但是他們卻選擇站在群眾的面前，注視著他們的眼睛，以一種最個人化、最有力的方式來傳達自我的理念。對社區團體演講或是代表社區團體演講不但能提供演講者及聽眾愉悅和利益，而且也可以豐富雙方的智識。

為何公共演講可以豐富社區呢？溝通（communication）這個字包含在社區（community）這個字中——這兩個字的關係十分密切。溝通——不論對象是兩個人或是兩百個人——都足以構成一個社區，但是社區同時也需要溝通。易言之，當人們彼此溝通時，他們便會創造出一個以人為主的社區——政府公職人員、神職人員、大學學生、扶輪社會員及家庭等。如果這些人能夠以社區的形式共存，那麼這些人就必須有效的彼此溝通。如果你對社區的定位是一個鄉鎮、一個村落或是一個都市，則那個地方必定免不了要包括某些所謂公共演講的溝通型態。我們很難想像一個沒有公共演講的社區會是個什麼樣的社區。

偶爾，社區中有些演講是由來自其他區域的團體所舉辦的，其演講目的，有的可能是為了競選，有的可能表達對政府的抗議，有的可能是傳教活動，不過不管是任何城鄉，其多數的公共演講還是由社區中本身團體所舉辦。對那些重視演講的人而言，演講最大的意義在於，它能夠將興趣相同的各類人物聚集在一起。這些人是些什麼人？他們都從事些什麼工作？這其中有那些人在找尋演講者？又有那些人需要一位代表，代表他們對另一個團體演講呢？

有些團體，例如退伍的老榮民，他們聚集的目的有時是為了社交聯誼；有些團體則是因任務而結合，例如慈善活動中所需要的人力便是一種人力的結合；還有些則是為了幫助彼此度過人生難關而結合的團體——酒精中毒、老人安養照顧、開創新事業等。一般而言，這些團體在聚會的時候通常不會有演講者在其中。

不過，大多數舉辦演講的團體，其本身的成員也是聽眾。也許他們在年度所舉辦的演講中吸取演講者的經驗，並將之列為來年的活動計畫。其實這些團體本身通常就會有定期性的聚會，除了可以聯絡彼此間的友誼外，也可以借此機會討論未來的計畫，並吸取受邀演講者的經驗。

服務性俱樂部

如果你曾經進入美國的任何一個小城鎮，你就會發現，在城鎮的入口處有一大堆招牌，上面標示著所有服務性協會的名字——扶輪社、獅子會等，也許招牌上還會標示出聚會的時間和地點。這些服務性俱樂部也許還會在電話簿上刊登廣告和電話號碼。這類性質的俱樂部通常每個星期或是每二個月聚會一次，而且幾乎都在餐廳以聚餐的方式舉行。

組成這些俱樂部的人士大多為企業或專業領域中的人士，不過只限於男性會員，女性則直到一九八〇年代才開始被允許入會，此後女性組織才開始發展起來，例如女獅會便是其中一例。這些成員雖然都是大企業的重要人物，而且也經常聚會享受美食，但是這並不是他們組會的最主要目的，他們最大的任務是推動慈善工作。以扶輪社為例，他們最主要的服務對象是社區青少年，不但提供學校的遠足經費，也提供大學獎學金。大多數的樂觀者俱樂部每年為青少年學生舉辦演講比賽，聘請演講協會的專業演講家來擔任評審；獅子會則重視學子們的視力，他們不但為學子們舉辦視力測驗，同時還廣泛的回收使用過的眼鏡重複加以利用；史妥曼俱樂部則特別重視聽力有問題的人；其他服務性質俱樂部——卡瓦尼斯、交流及其他俱樂部——也都以慈善目標為宗旨。

就新出爐的演講者而言，大多是那些俱樂部採用大量的演講者，通常一星期一個，一年平均有四十五到五十次之多，主要是因為大部分的社區都受惠於這些俱樂部。雖說他們的善舉有沽名釣譽的味道，但他們並不會因此而刻意限制演講主題，演講者有很大的發揮空間。由於活動承辦人都十分忙碌，因此在找尋演講者時他並不會去預設任何的立場，只要演講者所講的主題和內容能夠切合需求便可接受。有些俱樂部對於演講者則採分配的方式，每位演講者大約負責二個月的時間。一般而言，這類的團體是不給付演講者費用的，但是宗教性的聚會則不在此範圍內。如果演講者所講的主題是俱樂部所迫切需要的，負責的團體有時也會酌量付費。如果演講者不遠千里的來到俱樂部只是為了一場演講，則主辦的團體會補貼演講者的車馬費。有些俱樂部則在其執照的限制下，不能夠給付演講者任何費用。

這些俱樂部會僱請許多專業人士來演講他們的專長，諸如脊椎指壓治療師、財務規劃師、合格的會計師、精神科醫師、法官及旅遊機構等。此外，他們也很樂意請一些企業領袖來演講，不但聽眾受益，自己可能也因此得到一些改善自己企業的妙方。他們喜歡聽旅遊業者談論他們異國的旅遊經驗，也歡迎證券營業員、健保行政人員、社區公共設施的代表人員、婚姻及家庭諮詢專家、學校校長、大學教授、宗譜學者、緊急醫療技術人員、運動員……來談談他們各自領域中的題材。

退休者

在美國所有的俱樂部以及不斷成立的俱樂部中，會員人口成長最迅速的莫過於退休的老年人口。對這些族群而言，他們最主要的共同興趣就是他們的年齡以及他們生命的意義。美國退休人協會對其會員的唯一要求是年齡必須在五十歲以上，它的會員目前已超過三千萬人。隨著他們年齡的日益老化，許多問題也逐漸的浮現，諸如健康保健的問題以及關係的改變等。

那些對演講具有高度興趣的老人，他們有很多的機會可以展現他們的領袖能力，而且也可以代表美國退休人協會到各個社區演講。例如，祖父母資訊中心便在競選的時候幫助候選人到處演講，他們改變了年輕聽眾對老年安養照顧的看法，也讓年輕選民瞭解到老年人與中年人、小孩子和家庭間的關係。在美國，有很多退休後的老年人投入義務性的工作行列中，而且是遍佈各行各業。

其他的退休人團體則有較為特殊的共同興趣。全國退休聯合員工協會就是這樣的一種團體，其中的會員不只彼此共同懷念過去的美好時光，許多人還一起在相同的政府單位共事，不過他們也一起努力的去豐富他們的財務。電話先鋒協會則非常歡迎長期在電話公司任職的退休人員，或是已經退休的相關人員。許多擁有大量退休人員的大型企業，往往會定期的為那些已經退休的員工舉行聚會。另外，以退休教師協會來說，他們便非常歡迎那些能夠切中退休教員心聲的演講者。這些不同類型的演講者，有些採收費制，有些則是免費的。老人安養社區——數百個老年人居住在一個舒適的環境中——他們不但可以享受優美的音樂，還有專業的招待者和知識豐富的演講者來增加他們生活的樂趣。幾乎這種類屬的社區都非常歡迎演講者的光臨，尤其是那些能夠增添他們生活濃度的演講者更是廣受歡迎，他們甚至對這類的演講者出手很大方。

大專院校學生聽眾

大專院校的學生及教職員工為國內一龐大的聽眾族群。由於這個聽眾族群極為龐大，全國校園活動協會每年為全國各校園活動所舉辦的演講便需要用到大量的演講者。而在這當中尤以出名的演講者最受歡迎，不論是學生團體或是校方所舉辦的演講，他們都會請來那些能夠深入探討時事問題的演講者。有些較具規模的演講者仲介公司便專門為大專院校安排演講者。

大專院校所偏好的演講主題包括社會上的弱勢族群、領袖能力、毒癮處理、青少年問題、暴力與幫派、創意性約會、搖滾樂的歷史與意義、當代政府、與愛滋病共處及移民問題等。

個人成長

醫生、律師、建築師、心理學家以及其他擁有學士學位的人士，這些人除了為社會大眾貢獻技術外，他們同時也是政府授權的專業人士，以及演講會上的搶手演講者。一般而言，他們定期的每個月舉辦一次地方性的聚會，至於較大區域的聚會——如州際聚會或是全國性的聚會則是一年一次。雖然這些人自許為演講者，但是他們依舊經常聘請演講者及訓練師來強化自身的效率。大多數的州政府都會要求專業人員回到學校去修幾個小時的課程，在課程結束後才發給這些人執照。而大多數的演講協會或是組織，也會要求他們的會員不停地吸收新知及技術。

然而，在演講台上，這些專業人士卻不一定要講專業技術性的題目——諸如更改稅法、頭部手術的新技術。相對的，這些演講者可以講一些比較「軟性」的題目，如時間管理、顧客服務、適應改變、面對壓力等主題。其實不管是任何的專業團體，他們都非常歡迎那種不談價碼的演講者，不過他們會視演講者的表現而定，若是表現出色，這些團體通常也會給予豐厚的酬勞。許多專業的演講者就會固定和一或多家這類的企業團體合作，因為他們自信自己的能力是可以得到豐厚的酬勞。

企業組織

身在企業界中的人士，會因為各種不同的因素而以各種不同的方式聚集在一起。聚會時，他們大多數的時間都是在聆聽演講，聚會可能從會議室中的寥寥數人到芝加哥麥克柯米克會議上的數萬人。

在企業聚會中，貿易組織中的成員可能會佔最多數。不論這些貿易的定位是廣義（全國製造商協會）或是狹義（如全國廚房浴室協會），演講者是聚會中唯一不可或缺的。根據保守的估計，美國國家高級主管協會的會員約有二萬四千名，這些會員都各有專長，包括著名企業組織、專業組織、教育組織、科技組織、工業組織及貿易組織等領導人。這些協會總計約一萬個，所服務的對象高達二億八千七百萬的人與公司。可見絕大多數的公司團體在聚會時都會聘請演講者獻聲。

美國國家高級主管協會的執行董事肯．史莫爾（Ken Sommer）指出，雖然企業投入大量的金錢舉辦會議，「不過在僱請演講者上，協會卻扮演著極重要的角色」。值得注意的是，根據一項調查發現，百分之四十四美國國家高級主管協會所服務的公司在舉辦演講的時候，平均每一場演講僱請三或三位以上的演講者，其中百分之四十七的會議會付給演講費，每一場費用約為二千到五千美元。[1]

商會是最常見的企業團體。全美的商會組織約有七千個，目的在於推動業務及尋找商機。這其中，有不少商業組織屬於一人經營性質，不過有些商會的人員編制和預算都極為充裕。這些商會熱衷於與政府或其他民權組織合作，共同推動社區利益，尤其是在社區生活品質的提升方面更是不遺餘力，如此不但可以吸引投資，也可以增加當地的工作機會。

最近頻頻出現的一種企業匯集的現象是社區網路及企業前瞻性會議。其中一種在郊區的週刊上有刊登廣告：「領導俱樂部，一家專業企業網路組織，誠徵會員，星期三晚上，在布魯莫區，請電洽。」一家都會區的聯勤俱樂部贊助了一項企業網路，請來一位臨時的演講者；而在同一個城市中的猶太人企業網路，則在所有會員都作過自我介紹後，請來一位頗具特色的演講者上台演講。

圖書館、書店與百貨公司

許多為兒童及成人舉辦讀書會的圖書館，目前都不斷地推出新的方案，目的是為了讓社會大眾都有繼續接受教育的機會。通常，圖書館會將他們的家具重新設計，隔出一個獨立的空間讓聽眾可以經常邀請教師、當地作家、顧問及其他人來作專業性的演講，或是舉辦研習會。

較大型的書店，尤其是那些全國連鎖性的書店，更會聘請當地知名的專家來店中演講，藉此方式來吸引購書的人潮。他們也有可能會聘請一位本地的作家或是某位正在進行巡迴簽名會的作家來店中，以此方式來增加他們的銷售量。有些時候，他們也會請一位本地的作家來店中演講，任務當然不外乎是協助促銷目前最暢銷的書。

在最近的一個月中，博德書店——一家位在賓城市史布林菲爾郊區的大型書店——便聘請了演講者來講下列這些主題：

- ◆家具購買指南
- ◆想要知道所有有關古典音樂的資訊，但又不敢開口問
- ◆照顧寵物
- ◆另類醫藥：改變我們對疾病及健康的觀念
- ◆保羅．席茲尼（Paul Cézanne）的藝術與人生
- ◆在健康與醫療中，強勢力量與心智所扮演的角色
- ◆改變：青年男女的自助手冊
- ◆退休市民與資深市民的義工方案
- ◆著寫性書的喜悅
- ◆羅曼達十四行詩——丹尼爾．莫爾（Daniel Moore）的詩集
- ◆慢性病患及其家人
- ◆大哥哥／大姊姊

波斯科夫是位於西海岸一家大型的連鎖百貨公司，他們便推動了數十種不同類型的活

動方案，主題相當的廣泛，從文學到財務管理到親子教育等無所不包——全都是百貨公司的行銷方案。這些方案吸引了大量的顧客進門，雖然他們不一定會加入所舉辦的這些活動，但是他們卻很有可能順道在此消費購物！這家連鎖百貨公司甚至推出刷卡折扣的方案，只要使用公司的信用卡便可以獲得相當高的折扣價。那些演講者所獲得的酬勞或許不高，但卻也可以趁此機會建立自己事業的商機。

居民組織

租居在大型複合式公寓者、電梯公寓大樓者及社區的居民等，可能會舉辦各種不同類型的活動——劇場之旅、遊樂中心之旅、當地的演唱會及演講。他們的活動委員會或是某一位職員，會去聘請一位能夠提供聽眾實用性資訊的演講者來演講，這些資訊包括個人安全或是財務規劃的原則，有時候聘請的單位會付予演講者極高的費用。此外，演藝人員、風趣的脫口秀表演者或是內容具有高度娛樂效果的演講者等，也都非常受到此類型活動的歡迎。

互助會

共濟會旗下所包含的組織相當的多，許多男性只加入基本的組織，如藍色聯誼會；有些則同時加入好幾個分會組織，這其中包括西方之星會，這個組織的主要成員為女性。這些互助團體成立的主要目的，在於提供會員及其子女低保費的保險。除了上述的互助會之外，其他類似的組織還有摩斯會、艾爾克斯共濟會、秘密共濟會。目前，這一類型互助會的會員人數都呈現下降的趨勢，聚會的主要任務為儀式的進行、推動預計的目標及彼此情感的交流。此一類型的互助會中很少看到演講者，會員彼此之間便是友善又相互尊重的聽眾。

慈善與非營利性的組織

雖然熱心於慈善工作的團體有時也非常歡迎來自社區的演講者，不過他們的基本目的還是在慈善工作上，演講只是強化慈善目的的一個手段。許多推動醫療健康工作的慈善團體，便會找來一些具服務性協會的演講者來演講，像美國心臟協會、美國癌症組織、美國紅十字會及美國肺臟組織等，這些單位本身便培養了不少的專業演講者，協助團體本身在各個區域推行宣傳活動。此外，還有一些專門關懷某些不為人們所熟知的疾病的小團體，這類的團體所關懷的疾病如狼瘡、硬化症、重聽等，他們也同樣會聘請專門的演講者到社區為市民演講，讓市民們能夠更深入的瞭解這些疾病。對於這類型慈善活動的演講，許多高價碼的演講者會抱著純粹服務的態度，不收取任何的演講費用。

其他屬於非營利性質的團體，他們也需要透過演講者的力量將他們的訊息傳達出去，目的在於募集基金，並推動相關法案的通過。例如，約翰．霍爾協會所最關心的便是監獄改革的問題。綠色和平是一個舉世皆知的組織，其主要的任務是環境的保護。幾乎每一個社區都會有一個生存權組織以及一個替代選擇性的團體。全國來福槍協會便積極鼓勵其會員廣為闡述協會的宗旨，希望能夠更快地達到禁止手槍及來福槍的濫用。一個想要有機會上台演講的人，尤其是那些熱衷於非營利性質任務的人，也許願意代表非營利性的團體從事義務性的演講。

政治性組織

政治性組織成立的目的也是為了要能夠上台演講，而非為了聆聽他人的演講。相較於代表非營利性質團體演講的機會，代表政治團體演講的機會顯然是相當的稀少。服務性質的俱樂部更少有政治演講這方面的人才，主要是因為一般的候選人都會親自上陣。不過，演講者雖然不是候選人，但也有機會出現在政治會議上，這時他們的任務變成是候選人的司儀。此時他們就成了社區選民的代表，介紹候選人給選民們認識。諸如這類高度投入助選角色或是扮演重要幕僚，並在各種大小場合中介紹候選人，為候選人站台助講的演講者，往往會在下次的選舉中親自披掛上陣成為候選人。這樣的過程歷練的確造就出不少的政治領袖。

婦女俱樂部

婦女俱樂部的數量一直在下降中，平均會員的年齡在六十歲以上，而且有越來越老化的現象。現今的經濟風潮將大量的婦女送進工作場所中，婦女們只能利用假日的時間聚會。有些婦女俱樂部在這種經濟因素的主導下，不得不將她們聚會的時間改在晚上，然而對有小孩的上班族婦女而言，即便是晚上的時間對她們來說也是非常不可能的。婦女俱樂部非常歡迎各類的演講主題，不過付給演講者的酬勞則相當的低。有些俱樂部，尤其是那些全國聯合婦女俱樂部的各個分部，各個分會負責主辦活動的婦女通常會舉辦聚會。這個團體會俱樂部列舉出具有各種不同專長的演講者名單，這些演講者大部分都不收費，或者酌收低於一百美元的費用。

其實，那些定位非常清楚明確的婦女俱樂部也會出現難以生存的現象。例如，加入園藝、作家、音樂及藝術等類型俱樂部的會員就顯得寥寥可數，而且加入者也大多是退休的老年人。如果他們要邀請演講者的話，通常他們會邀來自己俱樂部中的會員或是社區中興趣相投的人士。家長團體——通常都是由母親所組成——也會邀請演講者來演講，尤其當這個團體得到學校的背書時，這一場演講不但聽眾人數會大為暴增（因為學校老師也是聽眾的一部分），而且也有充裕的資金可以支付演講費用。

當今活動力最旺盛的婦女俱樂部，是那些界定及推動婦女在企業界及專業領域地位為主的俱樂部。在婦女組織中，贊助大多數地方性和區域性俱樂部的兩大全國性組織是——企業與專業婦女俱樂部全國聯合組織，這個組織有二千二百個地方分部，會員高達七萬人之多；另外一個組織則是美國女企業主協會，這個組織在一千六百個分會中共擁有九萬名會員。地方性演講有可能會付演講費，但也有可能不付演講費；區域性演講及全國性演講的付費則相當的高。

後援性組織

後援性組織將那些彼此需要幫助、鼓勵及治療的人們聚集在一起。社區的公告區或是社區週報都會刊登此類的訊息，如戒酒協會、復健婦女的配偶協會、減肥協會、單親母親互助協會、倡導酒醉不開車的母親協會、阿茲海默症看護人員協會及多重硬化症後援協會，這些協會的最大特色是將互助的精神發揮到極至。其中有些會定期每個月請演講者來聚會演講；有些則會在年度性聚會的時候，請來一位興趣相投的專家來演講；不過，大多數的聚會其實是不請演講者的。而那些少數被請來這類型聚會的演講者也會發現，這類演講的費用雖然很低，但他們也都會誠心的接受，因為這類型的組織本來就不是為了利益而存在的；有些演講者甚至會把所收到的演講費用再捐出來作為慈善之用。

注釋——

1. Fannie Weinstein, "Professionally Speaking," *Profiles*, April 1995, p. 52.

4

職業充實

對大多數人而言，公共演講是工作的一部分。雖說沒有人一週會花四十個小時的時間站在講台上演說，但是從一個人的演講工作中，往往可以突顯出演講者的身分及成就。以職業充實的角度來看，我欣賞那些獲得酬勞的工作相關性演講者，因為他們成功的將訊息傳達到重要聽眾的耳中。對他們而言，演講只是他們工作的部分而非全部。就本章所提到的人物而言，不論投入多少時間在演講上，通常他們都不會認為自己是一位專業演講者。雖然對群眾講話是一件非常重要的事情，但是他們並不像：(1)高薪聘請且具有專業技巧的演講者——這類的演講者大都是以演講為職業的人；(2)兼差性質的演講者——這類的演講者大都是專業的或是企業界的領袖人物，他們大多是以演講作為第二份收入的來源；(3)贊助性質的演講者。我們在後面的章節中會對這些類型的演講者做更進一步的介紹。

如果你在大學的時候修過公共演講的課程；或是曾經加入過演講協會；或者你是一位上班族，正在考慮利用你演講的長才來兼差謀生，那麼下列的這些工作類型或許可以提供你作為參考。

教育人員

以教育為職的人，說話是他們每天工作中不可或缺的項目。大多數的小學教師每天都會有聽眾聽他演講，而且一個星期還得講上五天。這些老師其實不會認為自己是一位公共演講者，除非他們講話的對象是家長，那就另當別論了。不過，他們的說話技巧並不亞於那些專業的演講者：開發可靠的資料來源、站在聽眾容易瞭解的角度來整理演講的內容、運用聽眾易於理解的語言、技巧性的使用他們的聲音及肢體語言。

國中及高中老師就更接近公共演講的類型，因為他們本身便是專家，通常只談一個主題——諸如歷史、英文、電腦、科學、化學。此外，他們的學生也比國小學生更能夠接受較為冗長的演講。那些能夠使用比較高難度演講技巧來授課的老師們，通常會比其他的老師更受到學生及長官們的欣賞。如果他們知道利用視學輔助器材來增添其演講技巧的話，那麼他們將會被視為傑出的老師。

在許多領域中，大專院校的教授們被視為有可能成為傑出的溝通者，其中有不少教授還是我們這個國家中以演講技巧著稱的演講者。在大學中，我們經常會看到數百名學生聚集在演講廳的盛況，他們的聚集若不是為了上大班課，便是為了要上通識課。主講這些課程的教授，除了現場的演講外，他們也在電視的教學頻道上演講，或是校園巡迴性的演講。接著，他們會將演講的過程製成錄影帶，這部分的主要對象則是成年的聽眾。此外，這些教授也是企業界、貿易協會、社區聽眾及其他學校的學生所喜歡聘請的演講者。

最令人印象深刻的演說人物，應該要算是口若懸河的運動教練，他們的訓話及精確深入的剖析，往往可以讓一些散漫、毫無士氣的隊伍得到最後的勝利。有不少這一類型的演說者後來也都站到企業團的演講台上演講，企圖鼓勵企業體中員工的士氣，尤其是那些頗具知名度的教練，他們在企業團的演講會上所賺取的酬勞比當教練一年的酬勞多了二倍以上。

那些轉入行政體系的教授們，後來都會發現他們上台演講的機會大增。不論是在小型的專科學校或是大型的大專院學校中，舉凡舍監、學院院長、系主任、行政主管、學生服務中心督導等人，漸漸的都會發現他們開始站在台上對著學生、企業員工講話，甚至當校園行政引起爭議時，社區的各個組織團體也成了他們的聽眾。當面對的聽眾是學生及社區團體時，校長及地方首長的演講通常會被賦予極高的期待，因為他們高超的演講技巧會讓這些聽眾獲益匪淺。

播音員與記者

在廣播、電視以及平面媒體等領域中，幾乎所有的從業人員都是語言傳播專家。許多大專院校的傳播學系便設有廣播及新聞方面的專業課程，更有許多較大型機構的主業便是傳播事業。供廣播課程使用的設施林林總總，從簡單的工作室到一家公共電視台樣樣皆備。透過商業或是教育廣播的經驗累積，學校的教授在設施的使用上空間也就變得更大，其中有不少人不但因此獲得校方頒予學位，同時也謀得一份全職的教職工作。許多助理教授便因此而成為此領域中的翹楚，以此為其終生的職志和飯碗。

不論未來的職志是否以溝通為主，對於那些志在進入廣播及新聞業者而言，公共演講課程是他們不可不修的課程。專注於某一主題、資料的蒐集、資料的整理、有趣的語言等等的技巧，都是廣播人員、新聞記者及演講者最需要具備的條件。

政治領袖

每隔四年，我們就會看到幾乎每一位美國公民都會變成一位修辭批評家，他們不但把總統候選人所講的話一字不漏的聽得一清二楚，還逐字地去推敲話中所代表的意思。那一段時期，他們的態度就像大學修辭學課上的學生與教授一樣。舉凡仕女服飾店、理髮店、酒吧，人們都可以自由自在的發表他們總統候選人演講內容的看法和意見。雖說這些紛歧意見有時顯得薄弱，但卻誠實的反應出聽眾的心聲。這種現象正好反應出公共演講在我們這個民主自由社會中所扮演的角色。

在任何一個政府層級民意代表的競選中，候選人都必須將自己的信念告訴選民，也要讓選民知道將來當選後將如何代表自己的選民，為自己的選民爭取最大的利益。從學校董事會董事到參議員的選舉，每位參選者未來的成敗與否完全寄託於其競選演講策略上。這種演講的另一種形式是在四星級飯店舉行的，其主要的目的則是為了募款。

與演講者議程不可分割的是演講環境：讓演講者可以順暢的傳達事前詳細準備的訊息與觀念。有些比較應景式的候選人則會以電視演講的方式來發表其政見，這一類的候選人通常無法長時間留在辦公室中和選民面對面的發表政見，他是很典型的公共演講者。

律師

並非所有的律師都必須對陪審團及法官演講。不過那些在法庭上演講的律師——這些人被稱為法院律師——他們對當事人及整個法律系統卻有著極大的貢獻。這些法院律師能夠像威廉・杰尼斯・布萊恩（William Jennings Bryan）、佩瑞・莫森（Perry Mason）或強尼・柯棋蘭（Johnny Ccchran）等人的口若懸河。然而，對當今的法院律師而言，口若懸河既不是他們的主要目標也不是他們獲勝的手段，那些希望贏得訴訟的律師，其努力的目標會放在證據的搜索與邏輯的推理上。再者，他們極度重視聽眾分析，有時候他們甚至請來專業的心理學家，對原告與被告的供詞及心理進行深度的分析。除了這些方法之外，如果他們懂得利用豐富的語言來傳達自己的抗辯，也會使自己的抗辯更具說服力。律師們極懂得靈巧運用自己的聲調和肢體語言，他們是實至名歸的舌燦蓮花。

法院並不是律師唯一能夠表現公共演講技巧的地方。在人們的感覺中，律師是具備有清楚思路及伶俐口齒的人，因此市民們經常會請這些律師到學校或是到市民團體演講。當企業體必須經常與外界溝通時，他們會僱請律師來代表公司，這些律師的主要任務包括為公司的政策辯護、說服與非營利事業組織的管理階層或是區域性董事會。這些任務的成敗與否並不完全視其所擁有的證據而定，最主要還是得看律師們的演說能力。

訓練師

美國境內工作場所的高度變動性以及科技的日新月益，使得所有的大中小型企業體都必須不停的推動訓練的工作。其中有些訓練還是在工作場所中進行一對一的指導，不過大部分的訓練工作都是集中在一間訓練教室中，由一位訓練師來負責訓練的工作。對那些在企業體中負責訓練的人而言，公共演講的技巧是他們在工作上必備的條件之一。

一個經常被提及的問題是，訓練與公共演講之間有何不同？那些追求機動性演講的演講者往往會為此而感到兩難。由於企業體經常會要求他們以公司基本政策的標準來演講，除此之外，他們還得顧慮到員工素質的良莠不齊。同樣的，當面對的演講是屬於州際或是全國性會議的演講時，這些演講者也常常會被要求將其所準備的內容濃縮成半個小時。

為何我要將自己的身分由訓練師轉變成一位政策性的演講者呢？因為我覺得我有能力在很短的時間內清楚精確的將我的訊息傳達出去，同時我也覺得我可以切實的引發聽眾們的回應。雖說一直以來我的演講都能夠獲得極高的評價，但是聽眾的參與感卻一直顯得不是十分的活躍。我還發現，其實在演講時我比較偏向故事性的帶引，而不強調制式的訓練練習……。在現今這個競爭激烈的環境中，你不但要能夠完整的傳達你的訊息，且言簡意賅而一針見血，將半天所要講的內容在一個小時之內表達，同時還要兼具有鼓勵性及娛樂性。

——華倫．葛瑞許（Warren Greshes）是來自紐約市一著名的基本政策演講者，訓練師的工作是他演講事業的起步。他的文章〈從訓練師到政策演講者〉曾刊登在一九九六年九月的《專業演講者》雜誌上。

華倫．葛瑞許與其他演講者最大不同的地方在於，他總是以第一人稱故事的方式來演講，從他演講的內容中，同時也對前述的問題——訓練與演講之間的差異？——提出了部分的答案。這個問題的最佳答案是，訓練和演講之間其實很難精確的區分出來，不過可以由兩者持續性的活動中加以區分。由於有不少的演講者同時也身兼訓練師，也由於許多會議策劃者在演講時思路並不是那麼的清楚，因此仔細的區分出兩者之間的重疊處與差異處是非常重要的。這種現象有時候連經驗豐富的觀察家都很難區分出兩者之間的差異。

	訓練	演講
目標	促進學習	資訊、鼓勵
時間	充裕	緊迫
聽眾	人數比較少	人數比較多
演講內容	內容較充實	內容較不充實
	說明式	敘述式
	直喻性	比喻性
	演講手冊、講義	演講手冊
	認知性、行為性	情感性、認知性
組織	清楚、有條理	較不明確
視覺	期待性	選擇性
結果	可評估性	希望性
報酬	酬金較低	酬金較高

上列表格中的八種項目屬於一般性質的表演程序——訓練與演講——每一種都具有增進瞭解兩者間的類似性與差異性。我們將在接下來的章節中分別討論這八種項目，期望能夠從中釐清演講與訓練兩者之間的差異。

目標

其實，訓練師就是學習的促進者。訓練師的最主要目的就是幫助聽眾吸收及消化新的資訊，或是記取那些人們所擁有卻不常使用的資料。再者，許多訓練師其實都是身負重任的，改變聽眾及參與者的專業層次是這些訓練師的最主要任務，或是重點式的來修正他們的行為。相對的，演講者的最主要目標通常不在於改變聽眾的特殊行為，他們演講的目標主要在傳達新穎或是被忽略的訊息，再不然就是鼓勵性的題材——兼具創意性及娛樂性。他們意在於提升聽眾的人格層次，可是其效果通常不容易看得出來。

時間

相較於演講者，訓練師通常會有相當寬裕的時間來從事他的工作。為了要讓整個工作能夠有完整的成效，訓練師一場演講所需的時間可由半天到三或四天之長，而演講者每一場演講所能夠利用的時間大約只有三十到九十分鐘而已。許多專業演講者便能夠敏銳的注意到這其中的差別，因此他們在演講內容的拿捏便會靈巧得宜的將兩者加以區分出來。

聽眾

如果台上演講者的主要任務是要大幅度的改變聽眾的「行為」，那麼他們不僅要有充裕的時間，而且聽眾的人數也不能太多。這些聽眾不但可以自在的加入訓練過程中的各種活動，而且也可以擁有充足的時間向演講者提出問題。相對的，由於演講者所面對的聽眾人數較多，也就較難讓所有的聽眾完全參與其中，此外，限於時間的緊迫，因此留給聽眾發問的時間也就相對的縮短。一般而言，一位訓練師所面對的聽眾約在六到六十人左右，而一位演講者所面對的則在五十到一千人左右。

題材

內容充實／內容不充實

雖說人們總希望演講者的演講內容是充實的，但是對一些以演講謀生的專業演講者而言，有時候他們的演講內容卻是很薄弱的，尤其是當他們的演講內容以幽默和勵志為主要訴求時更是如此。反觀訓練師的部分，我們無法想像，當他們把演講內容左刪右減時會是何種景象。就一位勵志性的演講者而言，他們會利用百分之八十到九十的演講時間，來敘述一些成功的個人、企業或是組織的例子，而其餘的百分之十到二十的時間，則是用來傳達某些重要的原則，或是細數某些可能的成功技巧。而那些幽默專家則會盡其所能的插科打諢，只為了傳達一個重點。這兩種演講者的表演是否得宜，端視聽眾的反應及聽眾的期待而定。諸如這類型的演講技巧是極高度的專業演講，除了要具備有長袖善舞的本事外，其所獲得的酬勞也不薄。不過，還是有些專業的演講除了長袖善舞之外，其演講的內容也極為充實。他們會夾著娛樂性的演講內容，以一種愉快且令人印象深刻的方式充分的傳達他們的理念。雖說聽眾也會期望訓練師在演講時能夠帶有幽默的特質，但是他們也不會因為訓練師的無趣嚴肅而感到失望。

說明／敘述

使用直喻語言的說明方式與使用比喻語言的敘述方式，這兩者之間的比率突顯出訓練與演講的另一個區分。演講者比訓練師更容易以敘述的方式來傳達直接的內容。在面對同一個例子時，訓練師也許會說：「雇主在面試人員時必須注意到應試者的四個層面：(1)婚姻狀況；(2)宗教信仰；(3)政治傾向；(4)性傾向」，然後進一步的解釋其不適當與不合法的原因。而演講者則習慣稱呼這四個層面為「禁忌領域」，他們喜歡以這類的故事——那個雇主因為未曾注意到這個禁忌導致後來遭到政府罰鍰的故事——來吸引聽眾的注意力。在這個例子中，我們注意到演講者擅於利用比喻的方式來突顯出其演講的重點。也許每一位演講者在此一方面的想法大同小異，不過在風格上卻有著極大的不同。

正如其他領域一樣，訓練與演講在連續性上有著不同的重點，這些演講題材與風格上的差異具有相當的彈性。有些訓練師在演講時具有高度的想像力和創造力，而有些演講者就顯得十分的直截了當。不過就整體來看，這項差異的確有其確實性。

演講手冊／講義

在題材上的另一個差異是，大部分的訓練師都會發給聽眾或參與者手冊或是講義。訓練師甚至會指示聽眾作筆記或是填寫一些空白紙頁。那些雇請演講者的雇主，通常都不會期望其演講者過度照本宣科的演講，只不過有些演講者依舊會使用文字演講稿的方式來演講，而且還能夠獲得滿堂采。

認知性／行為性與情感性／認知性

題材上的最後一項區分或許也是最為顯著的一項：訓練方面高度的偏向認知性與行為性的領域，而演講方面則偏向情感性與認知性的層面。由會後聽眾的意見中便可以證實這種區分的存在。聽眾對於那些演講者的評語是：「具有啟發性」、「我將會和以前大為不同」、「高度勵志性」、「刺激」、「我笑到流淚」……。而對訓練師的評語是「我學到了許多新事物」、「我可以把這項資訊實際的運用在辦公室中」、「那位訓練師讓我的眼界為之大開」……。

組織

參與訓練課程的聽眾會期望聽到課程的內容與結構清楚嚴謹，希望能將訓練師所傳達給他們的原則、步驟、警告、技術等的觀念都牢記在心。訓練師在演講時，通常都備有清楚的題材大綱，透過這些大綱的篩選，聽眾期望能夠對自己有實質的幫助。

演講者也會謹慎的組織其演講題材內容，不過他們通常不會準備清楚的大綱。一般來說，演講者比較不會在意聽眾是否真正的吸了收演講內容，反而比較關心聽眾的感受。演講者比較不會使用「首先、第二、第三」等表達方式，這是訓練師的演說方式，因為對演講者來說，空口白話不如實際的體驗來得重要。

視覺

雖說訓練師善於使用幻燈片、圖表、模型等視覺輔助器材來強化演講的內容，不過訓練師和演講者在使用視覺輔助器材上的差異卻急速的在改變。電腦軟體所屬的視覺輔助器材已成了當今各類演講的最佳助手。多媒體畫面的展現更是現今各個專業演講者的最愛。

雖說輔助器材的汰換十分迅速，然而至今尚未改變也永遠不會改變的，就是完全不使用輔助器材的演講者的強勢魅力。最近才參加過全國演講組織會議的一群聽眾便指出，他們無法忘記蓋瑞・柯非（Gerry Coffee）的演講，他談到他在北越集中營的親身經驗，精彩的演講內容是美國任何監獄的照片所無法傳達的。單純語言的傳達雖會讓聽眾感到較為單調，但是卻可以深深吸引並感動聽眾的心，願意不惜代價尋求精確的字眼來表達正確的觀念或是情緒的演講者，永遠會是最受歡迎的演講者。

結果

當演講者的話傳到聽眾的耳中後，任誰都無法確定聽眾會如何去解讀那些內容，不過訓練師就比較不會有這方面的問題存在。人們在僱用訓練師和演講者時的心態與目的是有差別的，因為訓練師的演講結果可以據實評估而演講者卻不能。如果一位演講者在情感領域方面的傳達幅度必須大於訓練師的話，那麼那些雇主接下來便會嘗到難以評估結果之苦。訓練師的主要責任是傳達新技術或是資料的理解及記憶，這些都是可以測試及評估出來的，然而，一位演講者對聽眾情感的引發怎麼測試評估得出呢？評估聽眾情感又有什麼重要性可言呢？

酬勞

專業的演講者都清楚，站在講台上，演講師每分鐘的費用要比訓練師高出許多。因此，全國演講者協會及美國訓練開發社團在培養會員時，其步驟是由訓練式的演講到專業式的演講，尤其強調重點政策性的演講方式，因為這樣的演講方式所需的時間短，而所得到的酬勞卻很高，不過相對的，其競爭也顯得極端的厲害。華倫·葛瑞許便提出了如下的看法：「其實你在企業中從事訓練演講與諮詢的酬勞，就算不能夠超過，但也不會少於重點政策性演講的酬勞。不管是任何行業，只要你專精並熱愛那個行業，你都可以從中賺進大筆的酬勞。」[1]

其實，為了配合會議規劃者的需求，有越來越多的演講者都會同時兼具兩種演講的身分。身懷公共演講絕技的人都非常能夠配合雇主的需求，因此當他們在演講時，他們的角色有時候是演講者有時候則是訓練師。

市場商人

行銷可以為產品或服務帶來利益，也可以促進購買力。隨著文宣的出擊，行銷電話便可以做進一步的說明與促銷的動作。商業行銷發展至今，最能夠吸引消費者注意的行銷手法尤以最近幾十年為甚。行銷書籍、行銷顧問及大學中的商業行銷科目的越來越受重視可見一斑。除了每年數億元的行銷費用之外，行銷的研究每年也高達數百萬美元之鉅。

雖說公共演講的角色在行銷領域中並未受到太多的注意，但卻是不可或缺的關鍵要素。相較於廣告、文宣的龐大費用，行銷人員的角色就顯得渺小許多，負責行銷的演講者有兩類：(1)企業體的行銷人員；(2)特約的行銷人員。

企業體的行銷人員

製藥公司的員工，諸如藥劑師及醫生，他們本身便是公司最佳的行銷人員。任何有關健康專業領域的會議，尤其是面對客戶下單訂購藥物時，公司體制內的這些醫療藥事人員都可以站上第一線。他們的演講可以吸引更多潛在客戶的注意力。對此，我們將於第八章做更進一步的討論。

另一種以公共演講為行銷工具的職業團體是財務服務業。例如，一家財務規劃公司便可能會舉辦一些免費的研習會，然後邀請他們潛在的客戶來參與這場研習會。在會中，演講者會列舉出聽眾所關心的未來財務規劃問題——送他的小孩上大學唸書及退休後的保障。在研習會結束後，演講者會要求聽眾做一份評估，這份評估的最後一個問題是，你是否想要做一次私下免費的一小時個人財務狀況諮詢？那些回答願意而且有回到財務公司來做諮詢的聽眾，將會成為公司固定的客戶，日後他們會主動的付費回到公司來尋求個人財務目標的建立。另外有一種財務公司也會舉辦免費研習會，這種研習會的主要目的是將股票及債券的投資消息傳達給客戶及潛在客戶。

這些例子聽起來雖然都具有濃厚的商業目的，有些公司也的確是如此，不過大部分的這些行銷手段都是非常靈巧的，因為這背後所隱藏的都是龐大的產品或是服務。隨著研習會的結束，行銷或是業務人員的電話追蹤往往就會帶來銷售的契機，可見行銷環境的製造有時就會成為最佳的行銷機會。

特約的行銷人員

特約的行銷人員會以多樣的方式來從事行銷的工作。有時候他們會以簽約的方式，代表舉辦研習會的公司演講。來自賓城巴克郡的演講者派翠西亞．蓋拉佛（Patrica Gallagher），她自費出版了一本教養書籍，打算利用中小學放暑假的時候，帶著孩子到各地去做巡迴演講。她與連鎖性的假日飯店簽下免費食宿的合約，而她在每一場演講中都會提到假日飯店的種種優點，以達到為這家飯店行銷的目的。有些時候她甚至還可以領取酬勞。史帝芬．紐曼（Steven Newman）是一位身兼作家的新聞記者，他在花了四年的時間走遍全世界後寫作《繞著世界跑》一書。在這段旅行期間，紐曼同時也代表俄亥俄的蘋果行銷規劃公司做巡迴的演講，他不但每週以筆名在週刊上為所代表的那家公司發表文章，也用另一個名字在各個學校及社區中進行演講。還有其他類型的特約行銷則是刊登大幅的廣告，如不動產公司便會提倡週末免費工作坊，透過這個工作坊來告訴他們的聽眾如何炒作房地產。

業務人員

隨著頻率的不斷增高，那些銷售高價位貨品或是服務的業務人員，現在也避免不了要站到台上對著群眾演說。當所面對的是大筆的購買金額，或是其購買決定會影響到多數層面人物時，業務人員便應詳細的與相關的利害關係人做一說明。向購買團體進行業務解說時，其解說的準備及製作過程與演講者在準備及製作演講的過程十分雷同：分析聽眾的屬性以找出聽眾的需求、使用聽眾的語言、整理蒐集完整的資料、充分的利用聲音、肢體及視覺的表達。

演講者與業務人員間一個更相似的層面，就是「好人才好口才」的傳統觀念。一流的銷售高手現在會回頭來檢視他們的銷售手法、問題處理技巧以及結束的技巧。他們與上下游間的購買及銷售關係變得越來越堅固緊密，這種方式就是當今所謂的諮詢式銷售法。現今的業務人員，即使是零售業的業務人員，都積極的學著與客戶之間建立起友好的橋樑。

現今的業務人員會發現，亞里斯多德的道德觀才是高度溝通能力的中心。不論所準備的內容有多麼的翔實、語調有多麼的抑揚頓挫、肢體語言有多麼的豐富，一個演講者如果不具備能力、完整性及貼切性等要素，依舊無法達到銷售的目的。如果業務人員具備了這三個要素，再加上同理心要素的使用，必然可以讓客戶實際的注意到你所要行銷的產品及服務——甚至全心的注意——這筆生意失敗的機率可說是微乎其微。然後便是亞里斯多德的第三個說服手法——理念，理念可以讓潛在的買主充分的理解產品及服務，這是決定行銷成功與否的最後一個要素。

經理人員

談話溝通可以說是經理人員餬口之本，而且其溝通的對象往往都是自己的部屬。雖說大部分都是一對一的談話，不過群體性的會議也不在少數。在那些會議中，經理人員必須提出一週的工作規劃、解釋公司的新政策，並鼓勵與會的人員追求更高的成就。為了下年度的年度會議，這些經理人員得隨時向董事會報告最新的資料。護理之家的行政人員必須向員工提出安全注意事項，學校的校長必須將州屬教育局長所頒定的新規則告訴老師們。

不論是學生或是演講協會中的新手，學習演講都會讓他在日後的管理職務上游刃有餘。任何職業的經理人員，從擁有五百個部屬的執行董事到夜間安全巡邏小組的組長，人人都需要具備公共演講的技巧。

神職人員

信徒在教堂中最常接觸的公共演講便是傳教。那些負有傳教任務的神職人員——牧師、祭司、神父、法師等——都對佈道有著深入的研究。佈道一詞源於希臘與拉丁文，為宗教聚會之意思。佈道的定義為，以宗教為公共演講主題的傳教方式。就某種意義而言，這樣的定義既清楚又明顯，但是對大多數的教派而言，天主教系統的傳教內容就顯得極為精練直敘：傳述上帝偉大的創造力量、耶穌基督對世人的愛、愛對世人及世界所具有的意義。在猶太教的傳統中，傳教的重點則擺在上帝在以色列歷史中以及當今生活中的活動事蹟；上帝創造法律的恩澤；因為信服聖經而提升對上帝與對世人的愛的重要性。在快速的成長下，回教運動透過電視的傳播已經廣泛的引起世人的注意，清真寺也在全美各地紛紛的建立起來，人們也開始對回教領袖的傳教感到興趣，可蘭經是這些回教領袖傳教時的中心依據，極力的讚揚真主阿拉，並感召信徒回日對真主朝拜。

社區活動人員

推動社區活動的人各式各樣，社區活動的種類也因而顯得種類繁多。街頭傳道者也許並不具有神職人員的身分，但他們抱著絕對的熱情向社區的人民傳達著某種的信念或信仰。為了公共設施的使用率，社運人士也許會聚集志同道合者到州屬的控制委員會去向當局表達強烈的抗議，他們甚至有可能說服當局改變既有的決定。其他的演講者則在社區的各個不同領域從事不同性質的服務——工聯領袖不但可以說動企業的執行委員會成員，而且也會在合約上為勞工爭取到極大的福利空間，或是芭蕾協會的理事長說服慈善基金會的執行委員會贊助芭蕾舞的演出活動。

在這個自由國度中的每一個子民，只要他們有堅定的信念，他們便可以自在的站出來公開的發表心中的高見。亞伯拉罕·林肯（Abraham Lincoln）便以其獨特的講台技巧講出了千古的名言——我們的政府是一個「民主、民有、民享」的政府。

注釋——

1. Warren Greshes, "From Trainer to Keynote Speaker: Making the Switch," *Professional Speaker*, September 1996, p. 6.

5

學習與教授

美國人民投入了大量的時間、精力與金錢在學習公共演講上。學生通常會需要老師，而那些是學生那些是老師以及他們如何找到彼此，此為本章所要探討的主題。

對公共演講充滿興趣的人們將會看見他們自己扮演著一、兩種角色：一位學生或是一位老師。本章中所提到的每一個教育環境都是絕佳的機會，可以讓有志於此者學到面對聽眾時的必要溝通技巧。同樣的，每個人也都提供了機會，讓那些擅於公共演講的人們與聽眾分享其知識與專長。在這些公共演講的環境中，你將會找到一處適合於你的歸處——也許你目前所需要的是某一個環境，而當你培養出屬於你個人的技巧後，你所需要的是其他的環境。

小學

小學中的公共演講，是一種最直截了當毋須特別技巧的演講。這一類的演講應該都是低年級，而且其演講的題目可能也會非常的簡單，諸如「我的暑假生活」。事實上，由於必須經常做口頭的科學實驗報告，或野生動物、潮汐、雲層形成等的觀察報告，小學學生也許具有豐富的演講經驗。有時候學生們也會組成小組向班上同學做歷史研究報告。這種教育性質的演講所強調的是題材的內容及組織，而非強調其演講技巧的好壞。但是小學學生從這種報告中所學到的研究責任與清楚的組織理念，卻是來日成為演講高手的必備基礎。此外，那些注重公共演講價值的老師們也可以提供學生們極大的幫助，指導學生追求高標準的說話技巧、眼神的流動及其他的演講技術。

另一個可以開發小學學生溝通技巧的領域是聆聽。雖說良師出高徒，但是老師所提供的學習題材也必須多樣化才能符合市場行銷的要求。

中學

有些中學會積極的培養學生的公共演講技巧；不過也有些學校除了學生口頭的課業報告外，對於學生公共演講技巧的培養則完全不重視。介於這兩種極端類型中的學校，一般而言，至少會提供以數個星期為一單位的公共演講課程。賓城的一所明星中學——達比中學，會要求升上九年級的學生開始接受一個以九週為單位的演講課程，這個課程稱為核心技巧，目的是為未來的四年大學教育做準備。通常老師會指定一個爭議性的題目，然後要求學生分組進行研究。這些學生必須分工合作以取得所需的一切資源，他們必須到圖書館去找資料，將他們所得到的資料加以整理，並與其他小組交換切磋所得的資料。接著，每一位學生必須依其所分配到的部分上台做一簡單的介紹。在高一階段，他們也許要選修一門研究溝通的課程，在這個課程中，他們研究並分析前輩著名的演講內容，分組辯論爭議性的題材，並依據他們各自的主張做一場正式的演講。

有些中學則在商業溝通課程中開設相關的演講選修課，這一類的課程通常都是屬於非學術性的課程，課程的主要內容包括寫作與演講的技巧。目前許多州教育局下令各中學，要求高三學生必須完成一項主要研究課程才可以畢業，這項研究課程包括：(1)期末考試；(2)研究過程報告——表演、戲劇、音樂或是演講等皆可；(3)對州屬裁判做口頭報告，由那些裁判來決定學生是否能夠得到畢業證書。有些中學舉辦中等學校法庭辯論比賽，參與辯論的選手本身便是各辯論比賽的高手；還有些學校則會指定學生做演講文字企劃方案，以增強他們的文字批評能力，甚至增強他們在演講上的說服力。

大專院校

超過四千所高等教育機構，都在語言溝通上提供學生不少機會，讓那些有志於演講的學生瞭解演講所扮演的社會角色，並進而培養出他們的演講技巧。對於那些主修演講以及那些研究其他演講規範的人而言，可以供他們選讀的演講溝通課程有很多：組織性溝通、人際關係溝通、口頭演講、辯論、大眾傳播及戲劇演出等，都是演講相關課程的絕佳選擇。總之，所有的大專層級以上的院校都設有公共演講的相關課程。

對於那些未曾受過大學教育的人們，以及那些高中應屆畢業生，他們一樣可以在大專院校中獲得很多好機會。在社區專科學校中，其所設置的課程很多，其數量並不少於四年制大專院校前兩年所設置的課程數量。完成二年學業的學生通常可以拿到文學學士學位，而且也可以輕易的繼續完成後二年的大學課程。即使那些只有唸完一年或是未能完成一年課程的學生，也會轉到另一個學院中繼續完成學業。一般而言，演講課程所能夠提供的教學內容甚為豐富，基本演講溝通的內容最少都會包括公共演講在內。許多社區專科學校都設有溝通技巧課程，這一類課程的內容包括口頭演講入門、聲音魅力入門、小團體溝通術、辯論、公共演講以及面試技巧等各類的課程。

不論在任何社區中，當想要尋找夜間課程時，第一個考慮的地方便是社區本身的大專院校，因為這一類的學校都會在晚上以及週末時候開設各類的課程，以利於當地納稅居民的需求，校方通常會邀請具有學士學位的全職教師來上課，不過，偶爾也會有一些在其他領域中任職但卻專於演講與溝通的教授來開課。例如，演講協會中演講經驗豐富的成員便經常會成為搶手的老師。許多深諳公共演講技巧、高學歷並在其他領域中有著豐富工作經驗的人們，也會投入這一類的教學工作，他們通常是以兼差的方式在一或二個社區學院中任教。

在演講課程的選擇上，顯然文學院要比社區院校來得豐富許多，不過他們的教師也都以全職教師為主。

大專院校除了本身開設演講課程外，他們也會開設企業、專業演講、文學批評、議會程序、讀寫、說服的理論、非文字溝通、溝通與社交的改變、政治溝通、簡介及銷售演說的技巧等豐富的課程。許多院校甚至會鼓勵學生參與法庭辯論的課程，有些院校甚至會開設具有學位性質的法庭辯論研習會，好讓學生能夠得到實際的法庭辯論經驗，這種研習會的內容包括辯論、即席演講、口頭闡述以及其他的表演活動。此外，這些院校也會開設晚上及週末的課程——學位性質與非學位性質皆具——尤其是社區學校未能提供這一類的課程時。

大學在這方面所開設的課程並不會少於學院，有時較之院校是有過之而無不及。相較於東部、西部、南部及中西部大學的演講學系就顯得較大也較受到校方的重視。許多大學便極力鼓勵學生投考他們的碩士及博士演講學系，這一類的學系所開設的課程頗為先進，包括溝通與文化、說服理論、語言與社會互動、各類的研習及實習等課程。校方此時會讓許多博士班學生擔任助教的工作，協助教導大一學生的演講課程，這份教學的工作也是其碩士或博士的必修課程。

一如大學所有研究班的課程一樣，語言溝通的研究也需要從事資料尋找、課堂指定作業、獨立研究及非獨立性的學術論文整理工作。就以德州大學語言演講系的畢業論文而言，其主要的目的是：

> 在教學領域、研究領域或是專業領域中，開發智慧深度及提供必需的專業化訓練。其所強調的重點為一些必備的知識、方法與技巧，使得學生們能夠在學術教學、原始研究、問題解決、智慧領導、靈活表達及其他層面上獲得成就。[1]

顯然地，充分的準備是達成專業演講目的的重要關鍵。畢業於演講學系的學生，切勿抱著靠專業講台來學得演講技巧的心態，否則將斷送自己的謀生之道。

其實我很清楚我想要成為一個什麼樣的人——就像我的叔叔凱斯（Keith）一樣成為一位廣播人。在我高中畢業三個星期後，我拿到了第三級廣播電話操作員的執照。數週之後，我開始利用晚上及週末的時刻，在賓州洛克海文市的一家廣播電台WBPZ-AM & FM兼職工作。同年夏天，我考進了洛克海文州立大學。我仍然清楚的記得上第一堂課的情形，那堂課的內容是「演講基礎一〇一」，我們的老師是海索．雷．佛格森（Hazel Ray Ferguson）博士。那堂課改變了我的一生。

往後的四年我一方面在電台任職，一方面選修更多有關演講及戲劇的課程，偶爾也會參加戲劇的演出，慢慢地，我漸漸進入了佳境。在瞭解到靠一個地方小鎮的電台難以養活自己的現實情況後，我轉入了電視台。電視台在各大專院校都設有分站。問題是，這些院校都沒有開設正式的電視相關課程，最後我決定以自修方式來完成這門課程。在此同時，我也決意放棄原先的工作，轉而投入大學教授的工作行列，如此一來我便可以執教電視、廣播、電影以及教育電視節目的製作。這份工作最少要有碩士的學位才行，而為了要達到此一目的，我申請到賓州的克拉里昂大學傳播研究所就讀。

十八個月後，我不但拿到了傳播碩士與教育設計的碩士學位，同時還得到了兩

（續前頁）

個工作機會，一為院校老師兼教育性電視的製作工作，一為電影製作公司，工作的內容是製作教育性的電視節目。我選擇了後者，至此我的工作計畫又有了新的改變。在為大企業做了十年的訓練開發顧問工作後，我成立了自己的訓練顧問公司，而這樣的轉變也為我帶來了不少的演講機會。後來我加入了全國演講者協會，在那裡還我認識了我的妻子。之後，我將事業的重心重新放在醫療保健的策略與領導開發上。現在，我是一位醫療保健策略專家，協助醫療保健組織培養有志從事此業的醫療領導人。我在無數與醫療相關的發表會演講，也在相關的研習會中演講，透過那些演講來幫助那些未來的領袖重新找到事業的重心，也透過著書及文章發表來推動未來良好的醫療保健體系。

也許我的學識淺薄，但我知道我在大學的第一堂課「演講基礎一〇一」、演講與戲劇的碩士學位讓我感受到充實、滿足，也造就了我今日集演講專家、作家與顧問身分於一身的地位。

——史帝分・特維德（Stephen C. Tweed）與其妻依莉莎白・傑佛利（Elizabeth Jeffries），為肯德基州路易斯維爾市特維德傑佛利公司的負責人。兩人都身兼演講家、顧問以及作家三職。

科技基礎學習

在成人教育中，科技無疑已經引起了革命性的改變。數十年前，絕對無法想像到今日的科技竟會發展到此一程度；同樣的，當今的人們也無法想像，未來我們子孫的生活將終日無法脫離科技的範疇。往日只有書本及大學中才能吸收得到的資訊，現在已經被兩種螢幕所取代，而且這兩種螢幕已經深入到每一個家庭中：(1)電視螢幕；(2)電腦螢幕。那些擅於公共演講技巧的人們經常出現在這兩種螢幕中，而那些有志於追求溝通技巧的人們，則透過這兩種螢幕來達到他們學習的目的。

許多大型的大學以及較小型的專科院校聯盟，都會在無線電視或是有線電視台開設電視課程，一般而言，那些課程的時間大都在早上一點到早上六點之間。之所以設在這麼冷門的時間，當然不能期望觀眾會準時觀看，不過觀眾可以將節目錄下來，等待有空的時候再看。只要在那些開設電視教學的院校中註冊入學，一樣可以在修完學分之後拿到畢業證書。對於那些無意取得證書的觀眾而言，他們也許只是單純的因興趣而收看那些節目，但並不會實際的去參與任何的活動。最容易引起學生興趣的傳播課程包括：銷售術、市場行銷介紹、發現心理學、美國的倫理、當代美國人企業及英語作文等。

那些想要藉由實例學習傳播的人們，可以透過名嘴所錄製的錄影帶及CD來學習。有線電視CNN自一九八〇年成立以來，便不停的將所有的演講節目錄製存檔，藉由印地安普渡大學的公共事務錄影檔案室錄影，至今其所錄製的演講者已達數百人之多，詳細的資料可在其網站中一覽無遺。另外還有歐林與培根學院的存本；公共演講：成功的策略，由大衛・查瑞斯基（David Zarefsky）主講，內容包括一卷十六位學生演講的錄影帶、「CNN新聞傑出演講精選」及「公共演講的視聽研究指南」。最值得一提的錄影帶演講資料是由羚羊新聞社所製作的CD-ROM「美國著名演講：一八五〇當代」，這套資料中至少包含三百位名嘴的經典演講，以及約四十五分鐘珍貴的多媒體剪輯。這一套附有研究導讀的教材極適於高中學生選讀。

社區基礎課程

並非所有的學術機構都願意在晚上及週末開設語言傳播課程。不過舉凡圖書館、教堂、青年組織及各類的慈善團體等，都會開設成人教育方案與課程。

圖書館

北卡羅萊納州溫斯頓莎蘭的佛斯圖書館，便開設一門完全成人推廣教育課程，目的在協助當地的居民學習新式貿易型態、找尋工作及培養溝通技巧。全國各地不下數千家的圖書館都有開設這一類的課程，受惠的居民不計其數。

中等學校

賓州的達比中學便是這類學校的典型代表，此校為當地成年人開設夜間課程。這一類課程的時間每次大約為期十週，每年舉辦約二到三次。至於教師的聘請則以經驗、技巧均豐富的專家來任教，只要這些演講專家精通園藝、電腦、投資、藝術欣賞、航海技術、攝影等知識，都有可能成為校方聘請的對象。我們常常可以看到這些學校的行政人員總是為了找不到老師而大傷腦筋，可見對那些有志於成為專業演講者或是訓練師的人而言，這些學校不但提供了絕佳的機會，也可以讓自己累積更豐富的演講經驗。

演講協會俱樂部

在會議上，演講協會俱樂部最強調公共演講技術的培養，不過加入俱樂部也可以讓會員在無形中培養領袖技巧。企業體或是政府機構通常會備有以二十到三十個成員為主的演講協會俱樂部，其最主要的功用是因應企業體或是政府機構的高度結構性會議之用，這類會議通常每一場為時在二到三個小時。對演講協會俱樂部而言，一場商業會議在簡單的開場後，接下來便是一場正式繁複的形式，包括俱樂部的行政工作以及簿記工作都得做詳盡的闡述。許多俱樂部十分重視這類會議的會議程序。這類型會議的中間有一段稱為中心話題的時段，這個時段讓演講者有機會做即興的演講，依照所指定的主題，每人可做一到二分鐘的即興演講。最後，再由幾個人上台做正式演講，這種事前準備的演講所用的時間約為每人五到七分鐘。許多俱樂部會將這些演講錄影下來，好讓演講者回家後可以仔細的檢查自己的表現。此類會議的每一個層面都會被列入評估考核，而且每一位演講者都配有一位評審員。

國際演講者協會的世界總會提供多樣化的資源題材，目的在於滿足各種演講技術層次的需求，同時也讓俱樂部能夠更有效率的運作。新加入的成員一般都是由傳播與領導技術方案手冊開始，此手冊讓新加入的成員對公共演講有一深入的認識，並鼓勵他們追求十個階段演講目標，一旦完成了此一目標後，他們就成為全能的演講者。接著，他們便可以選擇某一溝通領域，追求更高階段的演講方案，或是選擇可以訓練他們成為全能領袖的領導技術方案，完成此一方案後，他們便進到銅級演講者。隨著方案不停的追求更高級演講技術，堅持到底的會員會晉升到銀級然後是金級的演講者。這些人的身分從公司的董事長、秘書、警衛、行政或是公關副董事長，再不然就是俱樂部教育方案的督察。

高階演講的程序還包括幾場額外的演講——這類演講的時間要比一般的演講來得長，而且也更具有挑戰性，再不然便是依據高階手冊的程序，進行領導任務的分派。至於演講協會的最高獎項——傑出演講者，其所頒授的對象是那些同時得到演講金牌獎及高階領袖獎的會員。少數一些具有企業及公司團體豐富演講經驗的成功會員，協會也會特別頒授他們榮譽的頭銜。總之，就算是最新的會員也有可能得到最佳演講獎，或是最佳話題演講者獎項——甚至有可能得到最佳評審獎。一套項目分明的獎勵制度有助於演講協會俱樂部文化的形成，它相對的會鼓勵演講者竭盡心力的演講。最保守的估計，不出一年時間，參與者的投資報酬便可以得到回收。

為數不少的協會演講成員會選擇參加演講比賽，而且都必須由俱樂部級的程度開始比賽起。不論是得到俱樂部的演講獎、主題獎、幽默獎或是評審獎，這些人都會繼續追求更高挑戰性的比賽——從分區性、地方性、區域性到全國性的比賽。

商業課程

公共研習課程

所有專辦公共研習課程的公司都開設有公共演講的課程，這一類課程的內容頗為廣泛，包括解決衝突、網路使用及顧客服務等，費用由九十九美元到一百九十九美元不等。技術之途研習營便提供了典型的演講課程，課程的名稱就稱為「高超演講術：兼具信心、信任與魅力的演講法」。這種演講課程包含下列的要素：

- ◆完美演講的準備方法
- ◆資料的整理
- ◆調適演講前的緊張情緒

◆潤飾演講稿
◆有效的使用視覺輔助器材
◆魅力的說服技巧
◆持續的開發並強化演講技巧

能夠擔任這些課程的老師都是領域中的高手，絕對可以把研習課程教有聲有色，不過，其成就有時也無法滿足參與者的期望。人們在這類課程中最常聽到的結論是：難道你不想擁有它來增加你的演講能力，好讓你的工作技巧日益精進嗎？這並不難達到「而且只要一天的時間就夠了」。這樣的說法很容易讓人們相信，任何的演講者——不論是業餘的或是職業的演講者——都可以在一天之內能成為一位專家。其實，這種可能性根本就極為渺小，以五十到二百位聚集在飯店中參與這種研習會的人而言，在上完研習課程後，可能沒有一個人有機會真正的去練習他們的演講技巧。另外，有些專辦研習課程的公司，其公司簡介上往往也會誇大其詞的指出，任何學員在上課期間都不必上台演講，但上完課後個個絕對都會成為演講高手。這類的課程所能招到的學員若不是對公共演講完全沒有概念，便是一些經驗老道的學員，他們來參加這類研習會的目的不在學習而在於複習。

大部分的研習公司都會發給學員手冊、視聽器材及錄影帶，藉此來豐富研習會的內容，或是幫助那些無法來參加研習會的人們。此外，他們也為公司行號做現場的訓練工作，這種現場的訓練會讓員工有比較充裕的時間培養技巧。

代爾・卡內基訓練課程

在溝通技巧的訓練上，代爾・卡內基公司是美國最老也最受尊重的供應者之一。卡內基（Dale Carnegie）的著作《如何結交朋友及影響人們》一書，是一九三〇年代最具影響力的書籍，後來所成立的公司便以卡內基為名，其分公司遍佈世界八十餘國，所開設的溝通課程不計其數。

基礎「代爾・卡內基課程」以人際關係為主軸，共分十二個晚上，課程的目的在於透過公共演講及其他的任務來提升參與者的自信度。進階課程為「高度衝擊演講」，參加的人數約在五至十二人，為時兩天的公共演講課程極為密集。學生們會有好幾次五分鐘的演說，這些演說全部都加以錄影，而且還有兩位指導員在現場指導。在這個課程中，學生有許多的作業，其中一項便是改寫一篇沈悶的演講稿，另一項作業則是「會見新聞媒體」的練習題。基礎課程畢業之後，也許可以得到紐約州立大學的三個證書，或是得到四・二個推廣教育學分。

對於那些已經修完課程，也修完了四百個小時的指導員基本課程的成員而言，他們便有資格成為代爾．卡內基的指導員。大多數的指導員都是兼職性質，不過他們依舊努力不懈的追求個別領域的全職與專業的身分地位。

執行演講者訓練

許多訓練顧問公司大多數是地方性或是區域性的公司，他們不但為公司行號提供現場的溝通技巧訓練，也為大眾提供訓練的課程。這類課程的設計大致上都和卡內基的「高度衝擊演講」課程雷同，都是以一或兩天的密集現場課程為主。

這類課程內容的主題包括：演講者只是一個凡人、分析聽眾、選擇題目、蒐集研究、組織觀念、找尋輔助題材、潤飾講稿文詞、擅用聲音與肢體技巧、排練、修正。

當某家公司僱請了演講訓練公司來從事現場訓練研習會時，不論是參與的聽眾或是指導員，兩者都可從代爾．卡內基或標準課程中得到好處：藉由與公司訓練經理或是參與者主管的面談，指導員可以評估出參與者的真正需求。充分掌握演講者的優點與缺點後，指導員便可以游刃有餘的達到雙贏的目標。訓練者也許還可以規劃後續的進階課程，以確定參與者能夠繼續追求更高的技術。

企業體之所以投入這種訓練課程，其原因有幾項：其一是企業體想要提高公司的銷售業績，而對團體的演講正是達成高銷售的最佳機會；其二是在會議中達成高效率的口頭報告。此外，有些訓練顧問公司，尤其是公用事業性質的公司，還會將員工送到服務性俱樂部及資深市民團體聚會場合中，目的為詮釋公司在評價、服務及體制上的定位。然而，對另外一些人而言，演講研習會是公司執行訓練方案的一部分，以為中級主管的執行地位做準備。高級主管——執行董事與執行副董事——則鮮少加入此類的課程，或許是因為他們不想讓自己的權威地位在這些訓練課程中受到挑戰。當他們覺得自己有所不足的時候，可能會私下請指導員訓練。至於超大型企業體的執行者，則都有自己專屬的撰稿員，有些撰稿員本身就是一個全能的演講專家，除了為那些當權者撰稿外，也指導他們的聲音與肢體技巧。不過，也有些大型企業體的執行者會在外面聘請演講教練。

個人演講研習會

經驗豐富的演講專家與日俱增，他們除了舉辦個人的演講研習營外，也會透過錄製錄影帶的方式來教導有志於演講的人，訓練他們成為一位成功的演講專家。有些專家會嚴格要求學生依樣劃葫蘆的照著既定的方式行事，但是有些具有高度組織性且經驗豐富的演講專家，他們所提供給學生的意見具有實質的助益。其研習營的名稱有些如下：

◆「演講與豐富人生」
◆「如何在一個小時內賺到二萬伍仟美元，而且不需要用到槍」
◆「如何成為一位人人爭聘的高薪演講專家」
◆「以演講為生」
◆「成功地演講、顧問與出版」
◆「專業化，否則——放棄」
◆「演講與研習會／會議行銷的設定」
◆「找尋專業演講的利益空間」
◆「成為一位真正專業演講家的方法」

一般說來，這些課程都以一到四天的密集研習為主，同時還提供大量的講義與視聽錄影帶。「從業餘者到專業演講者／訓練師」，這類課程的費用比較便宜，一天的價位約在三百美元左右。這類研習會通常會要求學生做五至八分鐘的行銷策略演講，由指導員負責評分。除了一天制的研習營外，在中西部城市，也有許多專業演講者舉辦二天制的研習營，這類研習營的價位約在五百美元左右。

兩天半的研習營，附加一年的結構性電話追蹤服務，費用約為一千五百美元左右。一位具有行銷專長的重量級演講家，則會舉辦以四天為期的研習營，每天上課的時間長達十到十四個小時，費用大約為四千美元左右。另外，還有些著名的演講家會舉辦以五天為期的研習營，這類以小班制教學為主的研習營所收取的費用約為七千二百五十美元，包含手冊、書籍、錄音帶、錄影帶以及大部分的餐點在內，不過並不包括後續性的服務。

還有另一個只適於高階演講者參與的研習方案，就是所謂的「百萬身價演講者研習案」，這個研習案提供「完整的媒體系統」，此系統不僅提供大量的錄影帶，也提供行銷題材的軟體與實例，當然還有豐富的題材可供參與者選用。這類研習案的價位約在一千五百美元，還附贈百萬身價演講高峰會的折價券。這類型研習會及其他的方案通常會刊登在《分享理念》的刊物上。在後續性的研習會及研習方案的通告，通常會被寄到全國演講協會成員、美國開發與訓練協會成員及方案贊助者的家中。

對於那些希望成為收費演講者的演講成員，市面上許多演講相關的書籍也都會在書末附有作者真誠的意見，就算這類的書籍已經絕版，相信在圖書館中也都可以找到這些資料。由多蒂（Dottie）和莉莉．華特（Lilly Walters）所合著的暢銷著作《演講與豐富人生》一書，便是「演講與豐富人生」研習營的基礎。許多城市的研習營便都以這本書為主題的教學參考。

全國演講者協會研習營

除了上述那些商業性質的研習營外，全國演講者協會每年也舉辦多次的教育性研習營。在高層次專業主義的演講技巧開發上，全國演講者協會已然發展成為資源最豐富的協會之一，位在亞利桑那州的總公司就是其全國專業演講的中心。這個中心全年無休的舉辦一項兩天半的研習營，每個研習的人數可高達一百人之多，而且都聘請業中頂尖的演講專家來授課。這類研習課程的價格從二百美元到三百美元不等，端視註冊的日期以及學員的程度狀況而定。這類研習會的內容主題相當廣泛，範圍如下：

◆主題開發與題材研究：如何在當今競爭激烈的行銷市場中，確定、開發及促銷你的觀念
◆專業演講的行銷技巧：全國演講者協會的傑出演講家所採用的行銷策略
◆專業演講者的台風技巧

◆金錢層面：何處可以得到它？如何才能得到它？如何才能保有它？如何讓它不斷的成長

◆專業演講者的幽默與說故事的技巧

◆高階專業演講者的著述技巧

◆專業演講者的銷售技巧

◆專業演講者的產品開發技巧

以上的每一個項目，也都適用於視聽學習資源專案及錄影帶學習資源專案，這兩種學習方式的教材都包括錄影帶及手冊。全國演講者協會的許多分會也會利用這兩種題材來授課。不過，不論是視聽的方式或是錄影帶的方式，其價格都不便宜。

每年，許多全國演講者協會的分會也會在演講學校中舉辦研習會，通常他們會利用星期六一整天的時間來舉行此研習會，這種活動除了造福有志於開發演講技巧的學生外，也可為協會帶來一筆生意，日後便以付費的方式為學校的研習會主講。大部分的分會會酌收一百美元作為註冊費。最近華盛頓區的全國首都演講者協會便舉辦了一場校園演講會，並提供了與會者以下的資訊：

◆如何抓住聽眾的注意力

- ◆如何創造你的未來
- ◆如何有效的製造幽默
- ◆台上的專家魅力時刻
- ◆優勢演講
- ◆把焦點轉移成力量
- ◆避免三項最大的錯誤
- ◆看起來自然不造做的撰寫內容、大綱與準備
- ◆有力的開場，直接的收尾
- ◆化壓力為能量
- ◆利用肢體語言來強化你的訊息
- ◆將聽眾的注意力化為實際的行動

由於有不少——就算不是全部——的演講者及課程領導者都是全國演講者協會的成員，這些研習會正好讓他們有機會可以在同儕及未來的演講者前面一展演講長才。分會在舉辦研習會時，通常也會要求專業演講者完成某些任務。

表演班級與課程

講台表現是許多舞台要素的結合。雖說演講者或是訓練師毋須在講台上扮演演員的角色，但是他們卻可以將演員的技巧用在講台上。演講者必須非常有技巧的掌握啟承轉合、留白、擅用臉部與肢體的表情及動作來強化所欲傳達的訊息，同時也要懂得充分的利用音調來活潑演講的氣氛。不同於演員的是，演講者所使用的台詞是自己苦心蒐集與創造而來的，不過有時候他們也會套用別人的名句。雖說那些名句是另一位演講者的精心發明，但卻能夠傳達出不同演講者的理念與感覺，因此演戲技巧的使用，可以讓所引用的名句更精確的傳達出自己的意思。

即興表演的訓練對演講者尤其可貴。來自亞歷桑納，史卡代爾的強納・史洛舍（Joanne Schlosser）在其即興喜劇表演班上指出，「我的動作越來越流暢自然，我發音的能力也有明顯的進步……即興表演技巧會讓你的演講能力日益精進，讓你的聽眾自然而然的融入其中，並且充分的吸收了你所傳達的訊息。」[2]一般說來，在社區院校及許多城市都會開設有表演班與表演課程。

說故事團體

說故事的能力或許是演講者所擁有最具魅力的語言力量。動力與個人開發兩種演講，都必須借重說故事的力量才能達到真正的效果。即使是資訊性質的演講，也都需要透過故事的特殊特質來吸引聽眾的注意力，以達到易於理解的效果。專業演講作家與企業演講教練都知道，他們只要在演講中融入實際生活的題材，便可以將整個演講活化。一些實事求是的醫生便指出，「治療疾病的優先順序是，醫生們要先斷定疾病的症狀，切確的找出病因，然後再開始進行診療。」若換成那些擅長說故事的醫生們，則會花上較長的時間來敘述這段話：「有一個小女孩昨天來到我的診所問我說：『你是怎麼知道人們的身體不舒服呢？』我對她說：『嗯，我會先問你那裏痛？』然後我還會繼續問其他的問題……」。一位擅於說故事的演講者所追求的目標是，在聽眾的內心創造一個世界，讓他們可以全然的融入其中。這就是為什麼人人都愛故事，以及會議策劃者願意高薪聘請說故事大師來主講的原因。

幾乎在所有的社區中，都會有一些愛說故事及愛交換故事的族群。這些人不但為社區會議所熟知，公立圖書館的兒童管理員也都對他們耳熟能詳。成員約有六千五十百人的全國說書者協會，便備有廣泛的資源。不管說書的程度與技巧為何，他們都可以在這裏找到所需的資源。每年的十月份，成千上萬來自全球各地的說書者在強尼斯波拉夫的田納西市，參與當地一年一度說故事比賽盛會。此外，當地還發行以說書為主的雙週刊雜誌《說書雜誌》，雜誌中收錄了許多精彩的文章、故事及專業說書者的廣告等。

演講圈

數年前，舊金山的李・葛利科斯坦（Lee Glickstein）開創了一種公共演講訓練的技術，這個技術包括八到十個人，這群人每週固定碰面二個半小時，他們所扮演的角色為一支持／學習團體。李・葛利科斯坦稱這種技術為昇華性演講，「一種結合輕鬆、自然真誠人類情感及評估你真情真性的新溝通方式」。這種技術可以讓學員很快的將其對演講的恐懼拋諸腦後，培養出與聽眾之間密切的共鳴。這種方法其實就是一種心理治療的技術，強調的是聆聽、共鳴、眼神的交流、想像及在安全的環境下誠心誠意的分享心中的感覺。那些隸屬於俄亥俄演講者廣場成員的演講者，他們已經發展出許多類屬於這類型的演講圈，也在這種演講圈中獲得豐富的報酬。

教練

許多演講者會高度的依賴妻子與好友的意見來修正自己的表現，然而這些人的意見往往有失客觀。這些人對演講者的態度若不是過度苛求便是太過放鬆，再不然便是完全抓不住重點。不過，有些深受觀眾歡迎的演講者也坦承深受配偶或是好友的影響，而且因為有他們的意見，才使得演講者的演講更加的面面俱到與成功。

一如高爾夫選手和歌手一樣，即使是處在事業的高峰期，他們依舊會聘請教練，而演講者也是如此。這樣的成長歸功於兩個要素：(1)演講專業程度的成熟——這一股存在於社會及企業界中組織嚴謹的力量，已堂然的進入第三個十年了；(2)演講事業的競爭越來越激烈。企業、公司行號的總裁、大學人事部門等，他們有越來越大的空間可以去選擇演講者。不論一個演講者對此一領域有多麼的成熟與專精，都不可避免的會有缺失與不足之處。那些強烈感受到競爭壓力的專業演講者們便會聘請教練來協助自己，以期使自己的專業地位立於不敗之地。

現職以及退休的大學教授都是很理想的演講教練人才，這些人不但可以提供智慧，也提供多年來幫助青年學子在講台上建立個人演講專長的經驗。他們指導過辯論團體，帶領他們參加過無數次的演講比賽，指導戲劇的演出，在這種種的比賽演出中，教練都充分的發揮了長袖善舞的本能。有些專業的演講者則因已屆退休年紀，於是把整個演講行程的速度放慢下來，這類的演講者往往會在這個時期開始物色自己的接班人，是否收取費用則視演講者的態度而定。基於多年來在演講界所觀察而得的題材與風格，以及期於對市場需求的深入瞭解，演講者協會所有人偶爾也會開設教練服務課程。許多全國演講協會分會也會開設這類型的指導課程，讓那些經驗豐富的演講者能夠協助發掘教練人才。許多全國演講協會的成員，便在企業演講及專業演講兩方面同時建立起其教練的身分——諸如馬克・迪克森（Max Dixon），派翠西亞・波爾（Patricia Ball），瑪莉・貝絲・羅奇（Mary Beth Roach），羅勃・葛代立（Robert Gedaliah）以及我本人等，都是箇中的翹楚。那些懂得僱用專業教練來指導自己的演講技巧的演講者，他們所得到的最大收獲是建立起了一個最具成本效率的關係。

錄影帶教學

定期聆聽一流演講家的演講，可以說是演講新手最重要的活動之一。透過衛星、人類網站觀察者等科技，觀眾每天晚上都有數小時的時間，可以在電視上看到無數知名演講者的演講，這些演講者的舌燦蓮花往往讓聽眾信心大增。演講業界中許多知名的專業演講者便藉由這種方式，進行自己的舞台經驗及演講技巧錄影帶教學。

書籍與刊期

誠如任何演講中最重要的部分是「結論」一樣，書籍與雜誌最精華部分也是在最後的結論部分，當然，本章也不例外，學習與教授是本章結束時所要歸納的。在圖書館以及書店的書架上，有關演講的書籍種類繁多，琳瑯滿目。再小的書店也都會陳列一些相關的書籍，而那些較大的書局則可能為此而成立一個專櫃。此外，在傳播為走向的期刊中，也有一些極佳的讀物。好的讀物不但本身受到歡迎，由於他們的介紹，也將許多演講者的演講事業推向高峰。這類好讀物並不難找，讀者是否能夠將其內容充分的加以吸收及利用才是最大的挑戰。不過，可以肯定的一點是，持續不斷的閱讀這些書籍及期刊是絕對必要的，這是每位演講者成功的不二法門。

全國最成功的演講者首推「華納貝」，華納貝的演講者在開始準備一場演講時，便會彙集各方的意見與建議，舉凡是持續成長、學習、發展，都是他們樂於聽到的意見，因為他們比誰都清楚，想要得到高報酬就得持續不停的學習、保持成功於不墜。幸運的是，這樣的機會與管道十分的充沛。

注釋——

1. The University of Texas at Austin, *The Graduate Catalog*, 1995-1997, p. 2.
2. Joanne Schlosser, "Energize Your Training Sessions with Improvisational Theater Techniques," *Professional Speaker*, November 1996, p. 28.

6

名流名嘴

名流名嘴的謀生之道有二，一為從事這個讓他們成名的行業；再不然，便是挾著自己的知名度從事投資，並從中獲取利潤。這一類的名流名嘴不外是電視新聞主播、退休的太空人、企業管理超級明星、演員、暢銷書作家、知名運動明星、前政治官員、著名刑事案件的受害人與加害人、功績顯著的軍官等之類的人物。這項演講收入其實是主業所衍生的附加價值，不過，日後也有可能成為他們從主業退休後的主要收入。

本章是本書中最簡短的一章，因為名流名嘴是演講企業中最小的一環。他們之所以在演講界中佔有一席之地，其原因有二：(1)不論是在同行領域中或是在社區生活中，明星的演講都能夠吸引來大批想要一睹名星風采的聽眾；(2)他們的加入會讓演講界的其他演講者感受到強大的競爭壓力，進而更努力的求進步。本章的目的並不是要告訴讀者如何成為一位明星，只是簡單的介紹在演講的領域中，明星所扮演的角色。

當然，名流演講並非史無前例。查理・狄更生（Charles Dickens）、馬克・吐溫（Mark Twain）、巴納姆（P. T. Barnum）、瑞夫・華都・艾默生（Ralph Waldo Emerson）、威廉・詹寧生・布萊恩（William Jennings Bryan）便是名流名嘴的前例。不過，正如當今的兼職或全職演講家一樣，名流名嘴的收入來源有很多。狄更生、馬克・吐溫、艾默生等人都是知名的作家；巴納姆則於世界各地經營他的馬戲團巡迴表演；至於布萊恩，他不但是一位著名的律師，也是前美國國務卿，曾三度參與美國總統的競選。專業演講者所凝聚出來的力量日益增加，更因而組織了一家經紀公司，專門幫助早期那些名流名嘴代理演講事務。

在這個以電視為媒體主導的時代，電視公司不惜對知名的歌星、演講、運動員及新聞主播投下鉅資，因此我們也就不難理解明星演講的價碼為什麼會高得嚇人。媒體很清楚，聽眾不但喜歡看也喜歡聽這些明星、電視主播及暢銷作家。此外，還有經常鬧緋聞的名流、企業界中聞名的人物、占星專家、能對藝術文學侃侃而談的人等，總之，不論是在任何行業中，只要能夠成為領域中的明星，他們都是觀眾與聽眾的最愛。為了滿足聽眾的高度需求，名流名嘴的價碼自然是水漲船高，這樣的報酬是一般的專業演講者所不能及的。

對前美國總統喬治・布希（George Bush）來說，他在安麗的一場演講索價便高達十萬美元。據最近的一篇報導指出，前美國小姐菲莉絲・喬治（Phyllis George）的演講一場索價一萬二千五百美元，但演講的主題必須以「具啟發性、勵志性、幽默性、實用性」為主。而同樣的演講主題，羅杰・史道伯（Roger Staubach）——前足球明星，目前為不動產業的投資者——他在達拉斯及德州等地的演講價位為一萬美元，達拉斯以外的地方則為一萬三千美元[1]。為大型公司、企業及大專院校演講委員會主講的名流名嘴，他們的碼價為七萬五千美元，而且還能名列一流的名流名嘴榜上。

最近，演講經紀公司的主事者便透露了名流名嘴單場演講的價碼，雖然經紀公司從中取得酬佣，但是大多數是進了名流們的口袋。這份單價並未包括旅費——通常是頭等機位及其他的支出項目：

◆奧林匹亞．杜卡奇斯（Olympia Dukakis）：一萬七千五百美元
◆蘿絲．衛斯米（Ruth Westheimer）性治療專家及作家：一萬二千美元
◆傑瑞．布朗（Jerry Brown），前加州市長及美國總統候選人：九千五百美元
◆魔術．強森（Magic Johnson），運動員：五萬美元
◆詹姆士．瑞菲德（James Redfield），暢銷作家：一萬七千五百美元
◆瑪莉安．偉特．艾多曼（Marian Wright Edelman），兒童擁護者：一萬三千八百美元
◆菲莉西亞．瑞雪德（Felicia Rashad），女演員：二萬美元
◆柯瑞塔．史考特．金（Coretta Scott King），馬汀路德二世的遺孀：一萬三千八百美元
◆路易斯．羅奇舍（Louis Rukeyser），經濟顧問專家：四萬美元
◆迪把克．蕭普拉（Deepak Chopra），醫師兼作家：二萬五千美元[2]

誠如所有演講者的酬勞一樣，名流演講的報酬也要視供需的情況而定。諸如魔術強森

這等的名流，他們的收入極為豐富，根本毋須靠演講來維生，因此他們通常會把演講的價碼訂得很高，以嚇阻那些蜂擁而來的請求者。至於那些本身既不喜歡說話，也不缺錢，更沒有任何東西可說的名流們，則根本不需要拒絕任何的演講邀約，因為他們所開的天價早已嚇退了所有原本想要請他們開口演講的人了。

名流名嘴的演講內容不一而足甚為廣泛，甚至其演講台上的經驗都是演講的話題。具有政治身分的演講者，他們演講的目的是為了要聽眾瞭解美國強大的價值所在，並且會極力的鼓勵台下的聽眾加入改造美國的行列。演藝名流則可能會與聽眾分享他們有趣的人生經驗，再不然便是提出一些有關環境或愛滋病研究的問題。運動員則講他們在運動場上的經驗，其中包括服從領導、團隊精神或是溝通技巧等層面的問題。新聞記者可能依其觀察所得，提出未來社會及政治的走向。雖說聽眾會去評估這些演講者的演講內容，但事實上不論他們講得好不好，他們的演講合約依舊接應不暇，因為業主請他們演講的最大原因是為了吸引更多的聽眾。

代言人

這裏的代言人指的是一些名流，這些名流可能高薪受僱於大型企業，為企業代言的人；有些名流則是以義工身分為公益活動代言。在大眾的觀念中，他們會把發言人與電視表演者畫上等號。吉姆・帕莫（Jim Palmer）為「金錢屋」代言，朱因・歐里森（June Allyson）為「依賴」代言，貝蒂・懷特（Betty White）為「美國保健」代言。不過仍有些代言人會走上演講台，其對象通常是企業本身的員工，或是非營利團體想要說服的聽眾。

準名流

有些人之所以會變成眾人皆知的人物，並不是因為他們是傑出的演講、作家、奧運金牌得主或是在其領域中具有豐功偉業。他們之所以出名是因為他們和名流間的緊密關係。杰夫・費格（Jeff Feiger）便是一個最明顯的例子。杰夫是知名人物傑克・柯瓦奇安（Jack Kevorkian）醫生——媒體封他為死亡醫生——的發言人，自從有了這層關係後，他們的演講便接應不暇，而且每一場的費用高達五千七百五十美元。一九九五年辛普森（O. J. Simpson）殺妻案的辯方律師——媒體封他們為夢幻律師團——強尼・柯蘭（Johnnie Cochran）、馬修・克拉克（Marcia Clark）、克利斯多夫・達丹（Christopher Darden）及羅勃・夏普羅（Robert Shapiro）等主要的幾位律師，在經過這件案子後，個個名聲大噪擠進了名流之列，演講的邀約源源不絕。

聽眾喜歡追逐名流，而名流永遠可以要到極高的演講價碼，任何瞭解演講領域的人都不可能不明白這一點。但是對於那些有志於演講事業的人更應該要有一個體認，就是不一定是名流才能成為一位成功、高薪的演講者。

注釋——

1. Marc Boisclair, "Big Mouths," *Meetings & Conventions*, November 1994, pp . 9-12.
2. Ibid. Reprinted with permission of MEETINGS & CONVENTIONS magazine, November 1994 © by Cahners Publishing, Reed Elsevier Inc.

7

業餘演講者

你想過要成為一位專業的演講者嗎？等不及想要在你成為家喻戶曉的人物後，去拜訪所有豪華的地方，去住遍所有高級的飯店嗎？請聽我的勸告，千萬不要放棄你現有的工作。

你所夢想的那些地方，到最後只會變成北達克達、內布拉斯加州、紐澤西、皮斯卡威等地方，所住的飯店更是距離你的夢想十萬八千里遠，而你所謂的家喻戶曉大概也只有你自己一個人知道而已。

在我多年的專業演講生涯中，我同時也是一位極為傑出的業務員。這種情況讓我有機會可以投入演講的行列，也正由於我是兼職的身分，因此我可以自在的選擇我想要的演講，也會影響到我的收入。

卡內基課程指導員的工作是我演講事業的開始。當時我只懂得站到台上開口講話，至於行銷與銷售的艱苦工作早在我開口之前便已完成。我的演講總是坐無虛席，其盛況連專職的演講者都要自嘆不如。在卡內基待了五年後，我覺得已經足夠了。五年來，同樣的飯店及一成不變的題材內容，我深深的相信我可以更上一層樓，可以有更好的收入，也可以做得更有樂趣。就某種程度上來說我的選擇是正確的。

雖說我演講的報酬極為豐厚，但是老實說，我並不真的知道演講是什麼，直到

（續前頁）

在一九八四年加入全國演講協會後，我才真正的明瞭何謂專業演講，自此我對演講的態度有了極大的轉變。然而改變並非全部，我依舊有一些不變的堅持：(1)業務員仍然是我首要的工作，專業演講者居次；(2)我的收入有百分之二十五是來自演講；(3)雖然演講了多年，但是我演講的主題依舊不脫銷售；(4)我的聽眾從未超過四十位。總之，我的演講主題有限，我的收費比剛出道時高出極多，同時我的名氣也水漲船高。

接不接演講並不會對我造成壓力，這是讓我感到很自在的地方，就算我推掉了一整個星期的演講邀約，我依舊會有優厚的收入。

——喬佛瑞・里多（Geoffrey D. Riddle）為為英諾坎國際公司的董事長，這是一家位於亞利桑納州蘇格斯代爾市的銷售訓練公司。

定義

名流名嘴，演講收入排行榜第一名，他們的演講內容已在第六章中做過詳盡的介紹。

高踞排行榜第三名的演講者為業餘演講者，專業全職的演講者我們將於下一章中對他們有更廣幅的討論。

專業全職的演講者，通常會結合訓練、諮詢及產品銷售於其演講中，以期能夠獲得豐厚的報酬。雖說他們的演講價碼比不上名流名嘴，但是有些全職的演講者的收入卻十分的可觀。專業全職演講者的最主要工作場地是講台及企業組織的訓練室，他們的聽眾遍佈全國，而且在世界各地也有越來越增加的趨勢，有些專業全職的演講者甚至還從事資訊產品的顧問與銷售。這些人將自己塑造成一個或多個領域中的專家，但是其知識其實是受到人們質疑的。最忙碌的專業全職演講者，其演講或是訓練任務的價碼約在二千到五千美元之間，不過高於或低於這種價位者也大有人在。

相對於專業全職演講者，業餘演講者通常擁有一全職工作或職業，演講報酬對他們而言只是收入的增加。其所從事的主業都與演講相關——像是訓練或是顧問諮詢，再不然便是極度相對性質的工作——像是執業律師、醫生、公司管理者或是房地產銷售人員等。

業餘演講者所演講的主題一般都不脫其主業的範圍，不過，有時候也會講與其專業完全無關的主題。這些人同時也被稱為雙薪演講者——大學教授、管理顧問、會計師、公司經理人員、大學校長、作家及各行各業的專業人士。大部分的演講都是在他們辦公室之外所舉行的，有些透過全國演講協會的介紹，有些則獨立作業。當他們所面對的聽眾是同業的聽眾時，這些人便被稱為本業演講者。許多業餘演講者——尤其是共通性話題的演講者，諸如成功、自尊以及應付難纏之人等主題——其所演講的場合就顯得相當的不受限制，包括企業團體、貿易與專業組織及大專院校等，都可能看到這些人站在講台上。其實，業餘演講者在講台上所得到的酬勞有時要比當天主業的收入還高。

在全國演講者協會，或是設計來幫助有志於此領域的人們能夠進入收費演講的書籍與影視帶中，業餘演講者都難以被列入正式的名錄中。這些設計來幫助新入門演講者的書籍與視聽帶，還有全國演講協會及其分會所舉辦的大會，都讓聽眾明白該以什麼方法成為全職演講者，並賺取豐厚的酬勞。雖說業餘演講者未能被列入正式的演講者目名錄中，但是根據熟悉全國演講者協會組織的人評估，全國演講者協會中依舊有極多的業餘演講者，而且他們樂於待在業餘演講者的名錄中。

業餘演講者開發他們的技巧並獲得支持的地方是演講者俱樂部。對於那些想要靠著演講技巧來獲得豐厚報酬的演講者，這些俱樂部雖然在本質上無法提供太多的引導，但是有許多業餘演講者從演講者俱樂部的經驗中獲得豐厚的利潤。俱樂部中有不少的演講者都是如此，但是有的收費，有的卻將之視為邁向全職演講的一個台階。

另外還有一個名錄是業餘演講者不適名列其中的，就是「無酬勞演講者」或是「厭膩免費入場的演講者」。如果你是其中一種，你一定知道那是怎麼一回事。你贏得無數次俱樂部的演講比賽，也在無數扶輪社大會上演講過，更為許多老師或健保專家的在職訓練課程中演講過——而且一直樂此不疲，但是當你演講結束準備打道回府時，沒有人在你手上塞個一百美元，或是在感謝函中附上一張支票。你高明的演講技巧也許早就達到收費的標準了，但是你一直都沒有學會（或是嘗試）向對方收費，或是適時的以商業的方式做自我行銷。

為何人們選擇業餘演講

為何人們選擇業餘演講呢?原因之一是，他們在正職方面的收入頗豐，就算他們在正職工作做得並不是很愉快，也不願冒險完全靠講台維生。更重要的原因是，因為他們真的非常喜歡自己原本的工作，並認定那就是他們終生的工作。另外，必須經常離家到各地演講，而且收入也極不穩定，這是他們不願選擇成為一位全職演講者的原因。在他們心中，有一份穩定的好收入，還可以每天回家享受家庭的溫暖，這是任何豐厚的演講收入都比不上的。

業餘演講者的演講主題

業餘演講者所講的主題與全職、專業演講者雷同，不過，有時候業餘演講者的主題，其所具有的成本效益是全職演講者所比不上的。全職演講者所必須找到的顧客，是那些願意出資請人來提振士氣以達提高生產力的顧客。然而，業餘演講者除了可以做到這些外，他們還可以服務少數特殊的聽眾。一位稅務律師在結束一場教人如何節稅的演講會後，可能只收到一百或二百美元的費用，但是他的曝光卻讓那些日後可能需要他專業服務的聽眾留下深刻的印象。一區域性的園藝俱樂部聯盟，可能會請一位具有園藝知名度的花藝專家到俱樂部談蘭花的培育。

白天擁有正職的人，其本身都是某一種領域中的專家。個體專業領域中的豐富經驗或完整知識對其他人極有幫助，而你所具有的知識可能會讓你變成一位真正的專家——可能是世界級的專家。再者，你也能精通於某種與你的工作完全無關的領域。也許你對某一領域極感興趣，對它有相當的瞭解，而且也想要更進一步的認識與學習。這種種都可能在未來將你推向講台，並為你帶來大筆的財富。身為業餘演講者，你的首要任務是，確定生活上某個領域的知識、技巧及敏銳度，然後成為此一領域中的權威者。不過，它同時也必須是聽眾願意不惜代價花錢聆聽的領域。

首先要注意的是：聽眾付費買你的專業知識及演講技巧的意願。如果你的目標在於賺錢，那麼你就應該選擇可能為你帶來豐厚收入的主題。你有可能在演講者俱樂部或是大學校園中熱烈的談論你所發現的個人軼事。假如你一直都在服務性俱樂部中從事免費的演講，你就得好好檢討一下你所準備的主題是否具有商業市場。在此，你所要找尋的是，你的專長與付費聽眾欲望之間的一個平衡點。

適於一般聽眾的主題

什麼樣的主題會令現代的聽眾感興趣？從一般性到特殊的主題等無所不包。如何與家人及朋友相處、如何更有效的賺錢及管理金錢、如何有效的管理時間、如何處理源源不絕的壓力……，這些都是人人感興趣的主題，朝著這些方向走準沒錯。而這其中最為會議規劃者所歡迎的一個主題是成功。任何一位已經成功的人都可以上台演講這個主題，尤其是當演講者從挫敗中、悲劇中或是殘障中站起來，則聽眾的反應是可以預期的。在任何服務性質的俱樂部、協會會議、員工俱樂部、銀髮族俱樂部，這些主題都非常受歡迎。

與工作相關的主題

在職場工作的人們除了歡迎一般性的主題外，他們還有額外的需求。職場中的人們需要知道如何與顧客應對、如何分工合作、如何清楚的說與寫、如何在不同的職場生存及如何在一競爭的環境中維持高度自尊。

最近，在演講仲介業的國際集團所舉辦的會議中，他們整理出了最受歡迎的演講主題，如下：

◆改變
◆顧客服務
◆全球機會
◆電腦與科技
◆未來策略
◆品質

◆生產力／表現
◆商業與經濟
◆變化
◆健康與運動
◆管理技術
◆管理壓力

如果你的聽眾中有主管級人員，那麼除了一般性及職場性主題之外，他們還需要其他的幫助。因為這些人都身負著建立成功團隊合作、具有領袖能力、面試以及僱用正確的人選、撰寫表現優良評語、詮釋複雜的政府法令等的責任。

縱觀最近一份技術之道研習營的目錄，我們可以看到下列的主題：

◆成功的規劃管理技術
◆衝突的解決方案與對立的管理
◆非財務管理者的財務與會計基礎
◆管理多重的企劃、目標及截稿時間

◆女性的衝突管理技巧
◆不可或缺的支助
◆具啓發性的領導：管理與領導之間的橋樑
◆新主管的管理技術
◆經理與主管人員的教練及建立團隊的技術

在一個年度之內，幾乎演講者公司所有州內所主辦的演講中，便有數百場是以這一類型的主題為主。這種極度成功的公司非常懂得聽眾的心態，深知此類主題的演講必能吸引無數的聽眾。

高度專業的主題

職業或專長越偏門者，他們越有可能投身於高度專業的演講主題中。例如，投身於銷售或銷售管理領域中的人們，他們的需求便不同於一般公司的經理人員。這些人需要知道如何與人搭檔、如何打陌生電話、如何從事關係銷售、如何掌握潛在顧客的人格特性。合格的公共會計師需要某人來幫助他們熟悉不斷變化的稅務法令。神經外科醫師、廢棄物管理專家、聯邦採購官員、法庭心理學家、零售店經理及無以數計的特殊族群，他們都極為重視那些可以提升其領域知識與技術的主題。他們所知道的許多專業領域演講者便是業餘演講者。

現今，隨著經濟腳步不停的在改變，各領域的專家們也越趨專精，目的在於確保演講與訓練新機之掌握。

適於大專院校學生的主題

大專院校學生的需求是獨特的。他們的年齡層次及文化背景，使得他們會去找尋一些瞭解他們及使用他們的語言的演講者。雖說院校中的老師都具有極佳的演說能力，透過課程滿足學生們多方面的需求，但是校方及學生活動委員會依舊不惜花錢請客座演講者到校園開演。這類型的演講者包括布雷利・理查森（Bradley Richardson）——《二十餘歲的職場智慧》的作者，他的主要聽眾是即將畢業的大專院校學生，教他們如何找到一份好工作。羅沙琳・米朵（Rosalyn Meadow）是一位開業的心理醫師兼性治療師，她所專長的主題是「好女孩不吃點心」，其主要聽眾群除了那些飲食失調的婦女，也包括擔心發胖會影響自己失去定位、自尊、事業目標及性行為的婦女。威廉・凱恩（William Kane）是一位預備律師，目前是波士頓大學的英文系教授，他主講的是「接吻的藝術」，在這個愛滋病泛濫的時代，這樣的親密性另類主題倒也頗具有娛樂性。上述的這些演講者都是業餘演講者。至於目前最受大專院校歡迎的主題則為如何在畢業後找到一份好工作。能夠在這些主題上具有權威性、實用性及娛樂性的演講者，絕對是受歡迎的演講者。

娛樂層面

幾乎所有的聽眾都有微笑與大笑方面的需求。有些聽眾在結束一段緊張的學習課程後，會相約聚在一起，目的只為了完全的放鬆心情，這時他們便會請來幽默專家以求娛樂。另外有些聽眾，他們聚會的目的是為了求得指導或啟發，他們對於偶然而發的幽默會有極為正面的回應——尤其是當那幽默與主題是與他們的工作有關時。從耳熟能詳的故事中，或是嚴正主題上的神來之筆中，聽眾對娛樂的需求也可以得到滿足。娛樂色彩幾乎已成為所有演講中不可或缺的要素，它是聽眾的標準期待之一。的確，大多數的演講者經紀公司經營者都明白，決定演講費用的最主要因素之一，就是包含娛樂層面的演講內容。

有一則經常為人們所提到的真實故事，幾乎所有剛入門的演講者都會問戈夫（Gove）（他是全國演講者協會的創始人），「當一位專業的演講者必須風趣好笑嗎？」。戈夫總是回答：「如果你想要拿到酬勞的話。」

你自己的主題

利用你的專長

如果你針對特殊的聽眾講特殊的主題，那麼你所要講的主題其實早就已經選定了。你可能是一位律師，專門對退休社區委員會的執行者談論與居民簽約的事宜；你也許是一位醫生，專門對保險經理人員談論住院病人醫療的成本；你可能是一位廚房衛浴設計師，專門對建商講機會是無限的。

> 一如其他的演講者一樣，我是由後門進入這一演講領域的，就我的例子而言，我在一開始是以偵探的身分來開發演講的技巧，之後，他們開始要我把所學的技巧傳授給其他人。當我以調查員的身分學得知識與經驗之後，我發現有許多人要求我以演講的方式在當地及全國調查會議上分享我的知識。
>
> 當領域中的新人聽過我的演講後，我的調查事業便開始迅速的成長，相關領域

（續前頁）

中的顧客也紛紛的找上我，諸如法律相關人員、保險理賠員以及律師——這些人最後不但成為我的顧客也是我的聽眾，他們甚至要求我到他們公司的會議上演講。

我的事業經營的極為得宜——為顧客做個案諮詢，也主講新形態的犯罪與詐欺。我發現自己擁有了兩個最佳的世界——做與教，而且兩者不但為我帶來更多的機會，也令我的收入不斷地成長。

把演講當成第二事業有一個好處，即自己原本的專業正好可以作為演講的主題。幾乎所有我所參與過的調查案件，都提供了有豐富的題材，讓我可以在講台上暢所欲言。透過我的那些經驗，無形中也為聽眾提供了其領域中所面臨之問題的解決之道。

由於人們對我的工作性質極為好奇，也因此讓我有許多打知名度及上媒體曝光的機會。隨著媒體的高度注意，我不得不寫書。我的第一本著作是一本手冊，那是為我的調查員而寫的，為了完成《查明真相》這本偉大鉅著，我還跑到巴哈馬去隱居了好一段時間。問題是，當我寫完之後，卻找不到出版公司願意出這本書，因為他們根本不相信一個私家調查員懂得寫文章。索性，我乾脆自己創辦一家出版公司來出版自己的作品。透過媒體曝光的機會及我的研習營來銷售這本書，很快的，一

（續前頁）

家全國知名的出版公司挑上了我的著作。至今，《查明真相》已經在市場上銷售四年了，聲勢依然不墜，甚至比第一年的銷售成績還要漂亮。

今天，我發現我竟然跨足了三個行業──諮詢、演講以及寫作。我希望自己能夠慢慢的走上半退休的狀態，多撥些時間演講，其他兩項工作則慢慢的減量。對我而言，演講、透過個人的接觸結交新朋友及無數旅行的機會，這樣的結合總讓我覺得我真的擁了全世界最棒的東西。

──艾德曼德·潘高（Edmund J. Pankau）為德州豪斯頓市潘高顧問公司董事長，專門從事調查與安全顧問的工作。

成為一位專家

你可以變成一位什麼主題的專家呢？因為需要的緣故，當你將目標鎖定在某一項你所知與體驗都不多的領域時，你可能會因此而為自己開創出業餘演講的領域。許多演講者在設定一個領域之後，便盡其所能的去學習及體驗領域中的所有事情，終致成為那個領域中傑出的演講者。不過，這種方法雖然可以成功，但也有極大的風險。就以其中一項來說，如果你只是透過閱讀和觀察來建立專門知識，則你將會缺乏權威、深度以及個人的感動。

此外，你還可能發現，在演講結束後的聽眾問題時段中，你的回答將無法得到聽眾的滿意。

想要知道你的主題是否具有生存能力，其評估的方法之一，就是將你的演講活動訊息刊登在區域報紙中的社區活動欄上。再不然，你也可以花一些時間到圖書館的期刊區，看看人們都在閱讀些什麼。當你自己被其中某份期刊吸引時，不妨運用一下你的想像力，看看是否能夠吸取其中的精華，然後將之運用到你的演講中。最近，在郊區社區新聞週報中，我們經常會注意到這一類的演講主題：

- 為你年邁雙親做選擇
- 過度的關懷會影響你的家庭
- 你會開電車嗎
- 當網際網路入侵你的家庭時
- 未來的銀行
- 無痛牙醫業——事實或是虛構
- 更健康的食物

◆如何控制電視怪物

◆日用品產業——輕型產業或是危險性產業

尋找社區聽眾感興趣的主題的另一個方法，就是打電話給負責主辦社區演講事宜的俱樂部理事長：扶輪社、企業及專業女性俱樂部、美國退休人員演講協會。要求他們提供最近俱樂部所聽到的演講主題。此外，你也可以徵詢他們的意見，看看他們想提供什麼樣的主題給會員聽。下列所列的主題與上述雷同，都是由同一家俱樂部的理事長透過電話提供的：

◆如何在一個挫敗的世界中站起來

◆金錢管理的十項建議

◆千萬不要當一名犯罪的受害人

◆增進健康飲食法

◆擴展你的退休收入

◆透過解決問題方法的創造來強化你的事業

◆當代經濟體制中的不動產買賣

我的第一筆演講酬勞是在社區的一家婦女俱樂部中得到的，酬金五十美元。當時我正努力的在推展我的健康與營養事業，我覺得那是一個推銷產品的好機會，於是我便二話不說的答應了她們的邀約！有了幾次經驗後，我心想「嗯！我喜歡這個！」此後，這種念頭便在我的心頭揮之不去。一些相交不錯的朋友知道我在從事健康方面的事業時，便要我傳授他們相關的知識。這真是一舉兩得，人們注意到了我的產品，而我也因此多了一筆豐富的收入。一場演講下來除了達到促銷產品的目的外，我還發出了二百張的名片。

——傑尼斯・克羅斯科普（Janice L. Krouskop）是賓州匹茲保市DBA公司的董事長，主要經營的產品為健康食品。

潛在的業餘演講者

那些人在從事業餘演講？又有那些人會僱用業餘演講者？他們所得到的酬勞又是多少？由演講者仲介服務機構最近所做的一項調查，我們可以看到下列這些例子：

◆蘇珊（Susan），行政助理，在國際專業秘書協會分會主講人際溝通技巧，每場演講收費一百美元

◆湯姆（Tom），化學工程師，在一家百貨公司主講時間管理，這家百貨公司以舉辦一系列的成人教育課程作為行銷的工具，湯姆的演講酬勞為五十美元

◆珍妮（Janet），律師，在學校事務官員協會的區域會議上演講，主講保護學校免於在聘僱員工上觸犯法律

◆巴利（Barry），演講者俱樂部的專屬演講者，主要的工作是電腦業，參加全國管理協會區域分會的半天課程來學習演講技巧，他的演講費用為三百七十五美元

◆迪蘿瑞絲（Delores），原任職美國郵政服務經理，現已退休。曾以「服務顧客」為題，這個演講被安排在中型零售連鎖店的「工作之餘的終身學習計畫」。她的酬勞為兩百元美金

◆泰利（Terry），專業的信用顧問，在一家婦女俱樂部主講如何解除負債並獲得充裕的存款，她所得到的費用是一百美元

這其中有一或兩項是需要具備大學學歷的，不過，大部分都是從人生經驗中以及技巧中開發出來的。

開始一份業餘演講事業

我應該打電話給演講經紀公司嗎？

你可能已經聽過專門在公司行號、協會組織及校園推薦演講者的演講經紀公司。與這類型的演講經紀公司簽合約似乎是進入演講領域的絕佳機會，其實不然。

演講經紀公司在演講者與會議規劃者之間從事仲介的工作，但它絕對不是一個中立的仲介者；它的立場偏向會議規劃者——企業體的執行長、公司員工委員會會議規劃的負責人、或是大專院校演講者廣場委員會成員。演講經紀公司協助會議規劃者簡化其工作，幫他們縮小演講者選擇的範圍，減少演講者選擇的時間，確保所選之演講者的品質，以及強化後援的工作——合約簽定、行程的安排、設備的要求等。他們會綜合聽眾所需的基本資料、個人經驗及對主題的敏銳度等條件來選擇演講者，如此一來，演講者才能在規劃者的預算內達到會議規劃者的目標。在條件談妥之後，演講者就必須付給演講經紀公司某種比率的費用，通常是演講費用的百分之二十五。

其實，演講經紀公司對剛出道的演講者並沒有太大的合作興趣，由於這類演講者在市場上的報酬並不高，經紀公司所能抽取的佣金也就極為有限。如果演講者所得到的酬勞為五百美元，依照百分之二十五的比率計算，演講經紀公司可得一百二十五美元的佣金，此佣金根本還不足以支付經紀公司的開銷及利潤需求。因此，對於酬勞所得在一千元以下的演講者，演講經紀公司通常不感興趣。再者，演講經紀公司通常也會要求演講者提供輔助性的題材——宣傳手冊、推薦函、照片、錄影帶及媒體廣告，而這也是初入門者所無法做到的。

經紀公司不與新手合作還有一個更重要的原因，演講經紀公司必須向會議規劃者保證所推薦的演講者的品質。畢竟，取得顧客的信任才是演講經紀公司的最終選擇，因此它是不可能把一些低價位、沒有品質把握的演講者推薦給顧客。除了那些只經紀名流名嘴演講經紀公司外，幾乎所有的經紀公司都會站在有利於公司與演講者的角度上進行經紀事宜，因此他們所簽的業餘演講者通常都是學經具豐者。當你在演講領域內佔有一席之地，有極佳的收入，還有極豐富的行銷題材時，你與演講經紀公司的合作才能達到雙贏。

業餘演講領域的步驟

你的演講遠景

業餘演講為一介於興趣與謀生之間的演講形式。不過，通常是興趣的成分較高，職業的成分較低。此外，它也是一種高度承諾與辛苦投入的行業。然而，它所提供的個人滿足卻是其他行業中所無法獲得的。如果你熱愛談論某一對自己極為重要的主題，又懂得廣大的自我行銷策略，那麼你在這個領域中將會有無窮的潛力。就像所有的先輩一樣，在保有日間工作的同時，還可以兼有一份業餘演講的事業。

如果你想從演講副業轉到全職演講，有些層面是你必須要注意的。一是，在今日的演講領域中，除了幽默專家、前名流及少數其他人之外，少有「全職演講者」。實際上，所有以講台維生的演講者，其經濟的來源至少是下列四項中的其中兩項：(1)演講；(2)訓練；(3)諮詢；(4)產品銷售。其中還包括他們的著作與錄影、錄音帶。許多演講者甚至四項兼具。有些則以僱用訓練師或是諮詢師的方式來擴展其基本的業務。可見，如果你想要把演講當成一全職工作來做，你最好開發不同的收入來源。

另一個需要注意的層面是，你必須謹慎的考量順利轉入演講領域的可能性。如果你是某大企業或是政府機構的員工、一位忙碌的老師、一位需要帶小孩的家庭主婦、一位成功的專業人士、一位擁有多位必須向你直接報告的小型企業老闆、或是一位行程非常繁忙緊湊的人，你要順利的轉入演講領域將會極端的困難。相對的，如果你是一位獨立的訓練師，或是一位擁有高收入又可自在控制行程的企業老闆，那麼要全然的跳入業餘演講領域就容易多了。

在評估進入演講領域的條件時，你的年齡、性別及種族等都是重要的考量因素。幸運的是，在現今的演講領域中，演講者的年齡不拘、兩種性別兼具、而且各種族的演講者都很受到歡迎，身體殘障者也不例外。雖說上述那些因素可能會讓你受到部分聽眾的排斥，但是也會讓你受到其他聽眾的歡迎。例如，一位剛出校門的大學生可能因為沒有豐富的管理背景，而使得其演講無法取得資深執行者的青睞，但是，如果他的聽眾換成是X世代的聽眾，那情況就不可同日而語了。就這個主題上，年輕演講者要比五十歲以上的中級主管演講者要來得有說服力。一位主講顧客服務或員工關係的非裔或拉丁裔美籍演講者，也許可以為企業團體主講不同種族及文化的力量，因為演講者非常清楚身為少數民族員工的力量在那裏。至於在克服身體殘障的主題上，還有誰會比一位因發生意外而坐在輪椅上的殘障者更具說服力呢？另外，還有誰會比一位成功的退休者更適合談退休的問題呢？

最後要考量的要素是，演講是一種自尊趨動的事業，沒有高度自尊的人是不可能長久的待下去，或是從中賺取大量的酬勞。成功的演講者都很清楚，對他們而言，站上講台是全世界最重要的事，而聽眾是那個世界中最重要的人。那些熱愛人們眼光、熱愛掌聲、熱愛演講者與聽眾間飄然化學反應的演講者，他們都是極為成功的演講者。

採取明確的目標

不論你心中的目標顯得微不足道或是極具企圖心，它們都必須是非常清楚的目標，也都需要訴諸文字記錄。當你還不確定是否該踏入演講領域時，你可能會希望能夠好好的體驗、觀察幾個月後再做決定；或者乾脆選擇一種最不具傷害性的目標，例如，取得一次演講邀約。有了第一次的成功，你就會有第二次的成功，然後是第三次。如果你把演講當成一種行銷自己事業或是專業的工具，則你便應該鎖定一個方向，一個新客戶，一種產品銷售。而如果你把演講當成是賺錢的工具，那麼你的第一場演講就索費一百美元。

切記，要達成此目標的先決條件是，你必須成為一位具組織性、資訊豐富且具高度興趣的演講者，而且你必須對所演講的主題做最精確的掌握。你對這個領域的認知越是廣泛和強烈，你演講事業成功的機率也就越大。來自紐約的著名勵志性演講者華倫・葛瑞許，他便在《體驗聲音》期刊中提醒聽眾——「你的首要目標並不是金錢，而是名聲。」

追求完美的演講技巧

在第五章中，你已經學到了無數開發講台技巧的機會。現在你應該一個個的加以利用。在尋找演講契機的過程中，除非是去世或是決定從此不再從事公共演講，否則你的擔心將會是永無止境的。不努力開發演講技巧，就算有再好的行銷技術，也都無法確保你的演講事業。

就從現在開始

如果你曾經參與多層次傳銷的領域，諸如安麗、永久等企業，在你的第一場會議中所學到的成功方法，就是讓你所有的親戚朋友、同事以及左鄰右舍知道你在從事什麼買賣。想要得到演講報酬的第一步，就是將所有你知道需要用到演講者的公司以及與你最親近的人的名單全數列出來。在這些人面前曝光的機會將是你進入業餘演講領域不可或缺的第一步。

就算你在某一方面是世界級的專家，最好還是由服務性俱樂部開始推廣你的演講事業，利用你的專長來吸引聽眾，再不然就挑大眾化的演講主題來累積演講的經驗。問問你的親戚朋友、同事及左鄰右舍，是否他們是獅子會、扶輪社、交流協會或是其他服務性質俱樂部的會員，再問問他們是否有認識任何商業或專業婦女俱樂部的成員、退休團體的成員、小型貿業協會的會員或是商會的成員。幾乎所有的這些團體都需要用到演講者，而且也會很高興知道你是一位演講者。掌握這一類俱樂部的基本資料後，再盡力的去蒐集這些單位的其他資料——如其中重要人員的地址與電話、會議舉行的日期及地點。有些時候，你的朋友也會把你當成演講者推薦給自己所屬的機構；有些時候，他們則願意把會議方案負責人的名字提供給你，讓你可以直接打電話給對方。為你的朋友或是你自己定下一個確切的日期，便於開始進行聯絡事宜。

當你為服務性俱樂部做了幾場免費的演講後，不妨考慮向那些有編列演講預算的單位索取演講費用，與會議負責人進行事前及事後面談時，問問他們是否曾付費給演講者，是在什麼情況下付費的，然後將這些資料全部都加到你所必須掌握的基本資料中。

在接到了康乃迪克州生命保險人協會邀請我去演講的電話時，我正坐在廚房的桌子上。我相信她知道我的名字，因為我在不少的協會中演講過。由於有一位演講者臨時取消了演講，於是他們便挑上了我，但是我樂於代他上台演講。之後她們給了我一百五十美元的酬勞。免費的演講我前前後後講了十幾場，其中一場便是在保險協會所舉行的，就是其中一位聽眾把我的名字給康乃迪克州的那一位主辦人的。

——約瑟・奥迪（Joseph Oddie）為康乃迪克州莫里丹市奥迪集團的董事長，為一家專門指導顧客取向銷售技術的公司。

提升你的堅定指數

就算名單已經列好，日期也已經定好，對很多相信自己能夠成為一位付費演講者的人而言，這其實也是危險的所在。雖說有些人毫不猶豫的全心投入這個行業，但是有些人進行到了這個階段時會開始感到卻步。如果你是他們其中一員的話，你現在便應該將那些能夠成為引薦會議承辦者的人的名字記下。

許多人都不願透過親戚朋友、同事、左鄰右舍的關係，來展開自己的演講事業。如果你存有這種心態的話，那麼你或許得好好的思考自己是否真的要進入演講領域。一位專業演講者，不論是兼職或是專職，其定義便在於他們的自我提升。害羞將會讓你永遠無法成為一位真正的演講者。那些想要成為一位真正演講者的人，不但在內心深處要堅定，在與人溝通時，也要非常堅定的說「我有一些非常棒的事情要說，而且我還可以在講台上把它說得很精彩」。你毋須表現得高傲或自大，可是絕對要相信你自己以及你所要講的內容。如果這些特質你都已經具備了，那麼你也許早已向你的親戚朋友、同事及左鄰右舍提過此事了——他們將會很樂意幫助你完成你的夢想的。這些關係的利用，將會戲劇性的加快你成為一位收費演講者的夢想。

初入門演講者也會對會議規劃者產生錯誤的印象。一個服務性俱樂部或是貿易協會的方案副董事，往往身負一項極艱難的任務，就是找到一位優秀的演講者，而且最好是一位免費的演講者。不管你相不相信，他們其實都無意打擊你或是把你趕走，相對的，他們真的非常想要瞭解你，想要知道你能為他們做些什麼。就算你所提的條件並沒有得到對方熱切的回應，但你還是要記得這個團體也許最近有聽過與你雷同的主題，或者你正在面談的這個人會對你的主題留下深刻的印象，再不然，也有可能那場演講到時候是由其他人主辦，總之，到時候你還有機會再試一次。你必須要有承受被拒絕的勇氣與自信，對自己說「不用我是他們的損失！」然後繼續下一個目標。

事實是，如果你只是成天夢想著要踏出成功演講者的第一步，但是卻又遲遲不願在親朋好友面前採取實際行動的話，那麼你永遠都別想有朝一日會成為一位收費的演講者。撈個演講者的頭銜，然後成天等著機會從天而降，這根本是行不通的。

你的堅定指數對你的聽眾也是極為重要的。不論你所要講的主題是什麼，你都要利用一段時間來吸引你的聽眾，讓他們感受到你所要傳達的訊息是這世界上最重要的。聽眾畢竟不是愚者，他們聰明又敏感的程度可能連一般的演講者都比不上。他們需要感受到你是一個外在活潑但內在信念堅定的演講者，能夠擁抱他們，邀他們一起進入你感到非常重要的世界裏。當他們感受到這一切時，他們自然會對你產生熱烈的回應，將你推薦給其他俱樂部或是協會——甚至還可能付你費用。如果你加入演講行列的目的是為了賺錢，那麼害羞將不再成為你邁向成功的絆腳石，而對你來說，開口要求別人提供你俱樂部或是協會的資料將會是一件輕而易舉的事情。

用心看待任何機會

初入門者的另一個危機點是，他們會把免費的演講當成來日真正重要演講的預練與彩排。如果你是抱著這一種心態，那麼你就大錯特錯了！就許多方面來看，那些初期免費的演講也許會是你從事演講事業中最重要的演講，它們站在你的知識程度與聽眾的接受度上，來測試你在演講上的能力。它們給你機會去強化你的理念，靈巧的傳達演講中的起承轉合——定義、詮釋、隱喻、故事、轉換及其他層面，這些都可以突顯你演講的傑出之處。你的最佳策略是將每一場演講都表現得盡善盡美，然後再依此向更高層次的主題邁進。相信所有專業的演講者都會肯定你演講的品質。

雖說在演講的道路上，你也許會得到親友的鼓勵與協助，但是加入演講者俱樂部才是長久之計，因為那裏才有真正專業的人士能夠給你正確的指導。幾乎所有的俱樂部都會非常樂意改變行程來配合你、指導你，而且也會對你的表現做一番專業的評估。

為了讓自己的演講達到盡善盡美的地步，你必須不停的重看自己的演講錄影帶，並努力的修正其中不適當之處，如此一來，不但可以讓你的聽眾印象深刻，而且也會促使他們口耳相傳，這種波紋效應是很可怕的。一旦這種現象出現之後，就算是那些從來未曾聽過你演講的團體也會邀你去演講。你將會發覺許多演講者其實早已發現，當初那些免費的高品質的演講其實是非常值得去做的。它們讓你有機會去試煉你的題材，也讓你的聽眾產生了未來將邀請你演講的決心。

初次演講的行銷步驟

一場完美的演講

當你有機會可以站到聽眾的面前演講時，事前務必做好完整的準備，把這個第一個也是最重要的演講視為未來踏上永久講台的基石。這是任何演講者行銷策略的第一步。

與決策者接觸

第二個步驟是接觸那些握有決定權的人——於銷售任何事物時最終採取行動的對象。你可以透過電話或是面對面與潛在的決策者接觸，而首要之務是掌握對方團體的需求。提問題時要格外小心，因為你會經常聽到這樣的安全答案「哦！我們對什麼主題都不排斥。」你得仔細檢查你所準備的主題是適合那個團體屬性的主題。當無法和潛在的決策者取得接觸，不妨寄一封詢問信函給對方，接著電話追蹤其意見。最後一個方法是寄一份個人資料頁，然後再電話追蹤。

設計一份個人資料頁

如果你想要拓展你的行銷市場，那麼一份個人資料頁是不可或缺的。這一份個人資料頁的內容包括：(1)名字；(2)附有短文簡介的演講主題，短文以簡單扼要為主；(3)你個人的地址、電話、傳真號碼及你的網址。如果你已有數場的演講經驗，不妨可以把顧客對你的讚美也寫在上面，並附上讚美者的姓名及頭銜。為了獲得這些推薦，你可以要求會議規劃者及聽眾在你演講結束時為你填一份評鑑報告。另外，再要求會議規劃者為你寫一封嘉獎函，一般而言，他們都會樂意為演講者做這件事的。至於要不要貼上照片則由你自己決定，不過專業的演講者為了突顯自己的專業性，通常都會貼上照片。

在這一份個人資料頁的設計上，使用適度的空間區隔來突顯版面的立體感，如果你有設計天份的話，不妨為自己設計一份；如果你自覺沒有這樣的天份的話，可以請設計公司為你設計一份個人資料頁，他們可以提供多種選擇的手冊設計，甚至還提供可以配合他們的規格的軟體。不過，花錢請專人來設計一份特殊的個人資料頁畢竟是值得的。這一份設計應該力求簡單有品味，以白底黑字印刷，遇有問題絕對要詢問相關單位的意見。

詳細的資料介紹

會議規劃者通常會要求你提供一些自傳性的資料。在寫這份資料時，最好請團體領導者為你填寫。有些服務性質俱樂部的主管極擅於為客座的演講者寫介紹函，只需短短的時間便可寫妥一份。有些俱樂部的主管並不知道自己有責任為演講者寫此類信函，有些就算知道，卻做得極為劣質。因此，演講者自身必須格外的提高警覺，確定聽眾有得到演講者的相關資料。

當你在一週前寄出去的個人資料頁得不到回應時，你得隨時攜帶一份資料，以便在拜訪對方時派得上用場。有時候介紹者會把你所準備的資料擺在一旁，然後以他自己的角度來為你寫介紹函，對此，你應該要適應。

雖說這樣一份簡單的介紹函可能不是很重要，但它卻可以幫助你建立起信用度，讓你奠定演講技巧及長遠的專業演講者名聲。

跨出成功第一步的要素有四：(1)一場卓越的演講；(2)一次個人的接觸或是電話聯絡；(3)一份個人資料頁；(4)一次靈活的介紹。一旦你具備了這些要項後，你便可以放手開始自我行銷了。

第二層的行銷技巧

深植人心的促銷

你可以靈巧地強調你的名字與直接行銷的效果。例如，為聽眾團體另外準備一份主題供他們參考，如此不但可以讓他們知道你的多才多藝與知識廣度。你所選的第一人稱故事還可以大幅的提升你的可信度，讓你成為一位吸引人的演講者。如果你另外還從事諮詢工作，那麼諮詢中的成功故事將讓你的諮詢顧問地位更加鞏固。

宣　傳

某些服務性俱樂部會編制專人向地方媒體發佈新聞，因為某些特殊的緣故，這些成員並不具有什麼新聞上的知名度。不過，如果你夠聰明的話，在會議規劃的允許下，你可以巧妙地向新聞媒體發佈有關你演講的消息。如果你不知道該如何寫一份標準的新聞稿，或是不知道該在何時將稿子發給什麼人，不妨到當地的圖書館尋找新聞媒體基本資料。仔細檢查你所鎖定的報紙的格式。呈送一份報社可能會刊登的長篇資料，如果資料夠專業的話，還可以加上你個人的照片。一般而言，大型報社都極樂意刊登短篇文章；而規模較小的地方報社所提供的版面則比較大。此外，記得詢問報社編輯比較喜歡以傳真、郵寄或是電子郵件的方式寄稿。

儘可能讓你的文章及照片出現在報紙上，如此，社區人民便會漸漸地建立起你是一位演講者的形象，而且極有可能為你帶來其他的演講契機。如果俱樂部有出版簡訊的話，不妨把你的文章寄給編輯，並要求對方將刊出的文章影印一份寄給你。你會在爾後的市場行銷上用到它。如果你的講題會吸引大眾的注意，即使是非常專業但仍能吸引大眾，你要邀請地方報社來做專訪，要求電台以來賓的身分請你上脫口秀節目。編輯們時時都在找尋新人物、新服務、新觀念及新產品，因為那是他們維生的方式，與他們合作有利於雙方，而且還可以為你自己打開知名度。發表文章的好處就是提高你的知名度，讓那些負責會議的人們注意到你的名字。仔細檢查地方性的報紙，看看那些領域的版面未引起人們的注意力，然後固定為那些版面寫專欄——這是一種強勢的行銷策略。你可以透過這種方式認識更多人，然後將他們列為你潛在的顧客。

詢問所屬的俱樂部，他們是否有技術及設備皆優秀的攝影師，請攝影師為你拍一張與俱樂部董事長或是某一位知名會員的合照。如果他們沒有攝影師，你可以自己聘請人來為你拍照。多沖印幾份這類型的照片，可以適時的提供給新聞媒體，達到自我行銷的目的。

評估表格

在你個人的資料頁中，也可以採用聽眾的評估表格，不過必須先取得對方的簽名及允許。更重要的是，他們的評估將提供你有價的資料，讓你不用多走冤枉路。於每一個座位上準備一份簡短的表格，然後在開始演講前，先提醒聽眾，你努力的想要提升你的演講，因此他們的評估意見對你將有極大的幫助，請他們在演講結束後利用幾秒鐘的時間填寫表格。你可以要求他們在一到十的評分標準為你的演講打分數，或是以極優／優／尚可的方式來評分。評分的標準簡單的分為理念是否清楚、故事的取用及演講技巧等項目來評分。此外，還可以附加一些問題，如「這場演講是否符合你預期的理想？」或是「這場演講你最喜歡／不喜歡的部分為何？」。這些評估可以協助你成為一位演講者及行銷專家。

工作網

在會議開始之前，提早幾分鐘抵達工作地點，儘量認識在場的人士，多與他們說話溝通。會議結束後儘量待在現場，問問在場人士所從事的工作、所加入的團體，乘機為自己尋找演講的機會。儘量遞出你的名片，同時也儘量索取對方的名片，並將日後雙方電話往來中所得到的資料記錄在其名片的背後，然後以這份資料為基礎以拓展未來演講機會。同時，你還可以利用這份基本資料來銷售你的產品或服務，或者將你的著作或是演講錄影帶寄送給他們參考。如果你不及早開始蒐集名片及基本資料，那麼在對方最需要的時候，你將會錯失與他們接觸的時機。

在工作場合中，你可以蒐集到在場人們的許多故事——痛苦、挑戰、挫折等的故事。這些故事都是來日你演講的新題材。因此你必須隨時記住所聽到的這些故事與資料，當你準備好要有所改變或是擴大你的演講領域時，你所蒐集的資料將會是你進步的原動力。

除了上述所提的重點之外，工作場合也可以為你掌握更多的結果。在演講結束後的工作現場，你可以詢問現場的聽眾：「你是否知道那些團體因為我的演講而獲益呢？」將這些團體的名字及聯絡人的電話記錄下來，然後開始將你演講者身分的資料提供給他們。

致謝

最後，不論是為你製造演講機會者，或是俱樂部董事長，你都應該寄一份簡單的感謝函給他們。對於那些以免費演講為訴求的單位，你也應該寄給他們感謝函，不過務必要求他們在下次會議中大聲宣讀你的感謝函，如此可以讓其他的演講者都知道你是一位優秀的演講者。這個舉動還有另一個目的，即許多受邀來參來大會的企業董事長會對你產生深刻的印象，也許日後他們會邀請你去為其員工演講。寫一張感謝卡只需要幾分鐘的時間，但是它所創造的利潤卻可能是無窮的。

由免費到索費再到免費

初入門的演講者應該在什麼時候開始收費呢?就某種層面而言，當你的演講行程已經非常密集時，自然而然的你會覺得應該開始收費。當你開始說「我的演講行程實在太滿了，所以我已經開始收取演講費用了。」你獲得第一筆演講費的神奇時刻就要發生了。相對的，這時候你也開始會接到許多詢問你演講價碼的電話，這些電話可能來自你以前的聽眾或是曾經聽說過你的名字的人。這時你就要依對方的會議性質，明確的定出你的價錢：五十、二百五十或五百美元……。在此，你可能需要利用到一些嘗試與錯誤的技巧，如此對方才不致低估或是高估你的價碼。也許你心中的理想價碼是，一場密西西比商業午餐會的定價是一百美元，一場亞利桑納鳳凰城商業午餐會的定價是一千美元。不管如何，你最好還是先詢問對方以往付費的價碼。畢竟，你之所以未能得到演講合約，有可能是因為你所開出價位過低，讓他們覺得你可能不是一位優秀的演講者，或者是你完全抓不到他們所要的東西。總之，這些經驗的累積會讓你在下次的溝通中做得更完美。

我之所以決定要進入演講領域，主要是因為我想要推展研習營；我覺得自己在研習會方面具有相當的長才，同時也明白我需要靠更多的演講來累積我的名聲，因此任何俱樂部的邀請我都全數接受。終於，有人請我到一家髮型設計專門店演講，主題為如何促銷他們與如何保持他們高昂的鬥志。那場演講我所得到的報酬是二百美元。在此之前，我在服務性俱樂部所做的免費的演講已不下數百場，直到一九八二年的全國演講者大會後，我才得到第一份演講報酬，從此我的演講報酬便源源不絕。

——麥可・波多林斯基（Michael A. Podolinsky）為團隊研習營的負責人，此公司位於明尼蘇達州的艾登普雷利市。

當你的演講報酬越來越高時，你就得與客戶做某種程度的協商。此時你應該視客戶的預算來調整你的演講費用，如果他們的費用還算不錯的話，演講者甚至還可附贈一次非正式的研習課程。另外，你也可以用演講時間來換取你所需要的產品及服務。再者，你還可以分給每一位聽眾一份作業本，彌補有限的演講時間。至此，你演講費用的設定便完全視供需的條件而定。你接到的需求越多，你的價碼就越水漲船高。總之，穩紮穩打才是上策。就長期觀之，如果你的價碼並沒有高於同類型的演講者，而你又擁有豐富的演講經驗，相信你將會有接不完的演講。

千萬不要以為一旦你開始收取演講費用，你就再也不用接免費的演講。在由免費進到收費的過程中，你其實是兩者兼具的。任何一個由正職跳入演講領域，並且以演講維生的人，都會有許多的機會接觸免費的演講，一旦他們意識到聽眾中某些人可能是自己未來的潛在雇主時，他們便會毅然的抓住任何可能的機會。身為一位兼職的演講者，你必須要清楚的知道那一類的「免費」演講是你的好機會，而那一類的「免費」演講應該加以婉拒。一般來說，對於演講，你應該抱持著一項原則——無時、無地、任何價錢的演講都接受。相信你所接到的演講將會比你所能預期的領域還要廣泛。切記，聽你演講的每一個聽眾都可能成為你的宣傳人員，為你製造無數的演講契機。

將你的演講視為一項事業

如果你很重視你的演講副業，相信你必定會將你的演講視為一項事業而非一種嗜好。就像所有成功的演講者一樣，你需要一份任務宣言，並定下目標來達成你的任務。你的任務宣言應該從陳述你的演講活動的「原因」開始。必須全然坦承你對主題及聽眾深度關心的原因，因為必須要有這樣的熱情才能趨動你去完成你的目標，而且還必須詳述你計畫利用多少的時間來達成預定目標——演講場次及收入上的目標。隨著你事業的成長，你接著會把「如何」——達成目標的策略——也加入目標中。儘量維持簡單的任務宣言與實際的目標，不過絕對不可以忽略了本步驟。

為自己打造知名度

在美國的許多州中，你可以採用商業名字來減少煩瑣的手續；而在其他州中，你可能必須付費到政府單位去登記註冊。有些演講者會給自己取一個名號，如珍・史密斯與聯合會或者是安東里尼集團，當他們因過於忙碌而分身乏術時，他們的家人、支援團體或是其他的演講者便可在幕後代他處理一切事宜。

認真的建立你的立體形象

耗資請專人為你的名片及書信設計立體版頁是值得的。一般辦公室中的科技設備都具有一般性的排版印刷功能，不需要專業技巧便能夠使用。不過，目前有許多小型的印刷公司，其品質並不亞於大型專門的印刷公司。不論你是否覺得公平，有些決策者會把你名片的品質與你演講的品質做聯想。就這個理由而言，投下大量的金錢請高品質印刷公司是值得的。

保持翔實的記錄

你會發現，將所有的演講記錄製作成一個簡單易於追蹤的系統，將會讓你做起事來更具效率。你可能需要一些檔案資料夾，或是某些複雜的軟體，來記錄你的行銷及你的會計需求。以下就是為什麼你需要翔實記錄的原因。

保持翔實記錄的原因之一，為了要讓你的潛在名單靈活化。人們總是容易錯失實力雄厚的潛在顧客的資料，因為他們習慣將這些顧客的姓名、電話隨手抄在一張小紙條上。現在，市面上已有許多非常便利的軟體可幫你整理及翔實的記錄，你可以把所有潛在的會議規劃者、聽過你演講的人（尤其是那些會推薦你的人）、後援團體的成員（如演講者俱樂部、教堂團體、團契團體、全國演講者協會各分會的成員）。此外，對於那些拒絕你的人，也不要輕易的放棄；你應該找機會再回頭與他們接觸。寄感謝函給他們，讓他們明白你還是希望日後有機會可以為他們服務。還有，當你修改個人資料時，也要記得寄一份給潛在顧客。潛在顧客必須不斷地看到你的名字後，他們才有可能考慮購買你的產品，這是銷售上一種不變的格式。

保持翔實記錄的原因之二，你需要知道那些記錄對你有用——那些活動與你的領域有關，那些領域無關。當印象與記憶漸漸褪去的時候，記錄鮮明依舊。將所有經手過的記錄——數量、地點及人物——全都保存一份翔實的記錄，然後從中尋找可能的線索。此外，你還要把所有回函郵件都加以記錄，不斷地追蹤你演講的頻率、錄影帶及演講地點的資料，尋找成功的模式，或是有待改進的地方。

保持翔實記錄的原因之三，是你需要更多新的認知。如果你是一位演講者俱樂部的成員，在全能演講者俱樂部或是進階演講者俱樂部負責撰寫合格證書，你就必須保持翔實精確的記錄，並把這些記錄給俱樂部的教育副董事長過目及簽名。如果你選擇進入全國演講者協會，從中取得成長的機會，那麼你就必須依照其要求，在你的申請表格中填寫十次付費演講記錄，這也就是保持翔實記錄的重要性。全國演講者協會不會在意你在何時有過多少場的演講，他們要的只是據實的文件證明。就算你一開始並未對演講事業抱著絕對的態度，日後你還是有可能在這個領域中大展鴻圖。想要取得全國演講協會的演講者合格證書，就得準備一大堆的文件，可是一張證書卻會讓你的記錄增色不少。不論是全職或是兼職演講者，記錄都是非常重要的。

保持翔實記錄還具有退稅的功能。就算只是一位兼職演講者，你的收入還是得據實報稅，此時你若是保有演講相關的支出收據，包括家庭辦公室支出及加油等，都可以讓你向國稅局要回不少的稅款。現在，就從購買簿記本或是從購買一套廉價的軟體開始，仔細的做你的記錄吧！

開始一份好的翔實記錄包括下列的條件：

◆潛在顧客的名單，上面記錄雙方所有接觸的過程

◆你所使用與開發的行銷題材，全部記錄在個人資料頁上

◆報紙、雜誌、電台、電視等可以協助你打開知名度的媒體名單

◆書信，包括確定演講場次的書信、感謝函、你所收到的推薦信
◆與會議規劃者所簽定的付費演講合約
◆財務記錄
◆行銷理念資料
◆備用的新主題與支援題材的理念檔案

保持生活的平衡

建立一份演講副業是一個令人感到興奮又可吸收經驗的事情，但是如果你不能夠把其餘的生活保持平衡，你可能會因此而把生命消耗掉。生活在我們這個世界上，求生存必須面對極大的壓力，你的工作問題、孩子的教育與營養問題、為退休做準備的問題、對社區的貢獻問題、培養你的精神生活問題。在這些層層的壓力下，你實在不必自找麻煩的加入演講領域。

為你的人生設計出一套清楚的任務——你自己與親人。這套任務包括活動、財務、體

力及時間等各方面的承諾，以便協助你早日完成進入演講領域的心願，然後放手去追求你的目標。不過，要確定的一點是，你必須好好照顧你自己——心靈、身體及精神，同時也要照顧你的親人。

充滿智力、精力與創意的人，通常無法明確的選擇一項活動、一份事業、一個目標。如果你也和我一樣的話，或許你現在也正享受幾種不同的專業領域。最近，我受僱於麻塞諸塞州的史賓佛大學人類服務學院，每週二十小時教授演講與諮詢課程，同時還兼任一小型員工聯盟方案的合約經理人。雖說這些工作表面上看起來都不具相關性，但是每一項卻都是我所追求的目標——為勞工爭取應有的尊嚴，倡導婦女對美國企業的貢獻，創造健康的工作環境。

我該如何結合這些性質迴異的活動呢？或許，一個更重要的問題是，我該如何平衡我的生活呢？我的答案是愛我所做的、做我所愛的。我非常熱衷於潛在人物與利潤的開發。也許你會懷疑我那來那麼多的時間從事這所有的事情。幸運的是，由於我每個月只有兩個星期的課程，因此可以彈性的運用我的時間，我可以自在的投入任何迫在眉睫的事情——舉凡是批改作業、寫文章或是上台演講。

（續前頁）

此外，我也沒有忽略掉健康問題。我每天運動，天氣好的時候就到戶外去游泳或是散步；對糖份、脂肪的攝取量十分的注重；同時每天的睡眠時間一定要達到六個小時以上。更有甚者，我還利用時間閱讀文學作品、打坐、寫日記並參加十二步驟的潛能開發會議。

是否要一直當一位業餘演講者，這個問題一直在我的腦海中盤旋著，尤其在現今這個演講及諮詢領域這麼發達的時代，成為一位全國知名的演講名嘴一直是我的夢想。於是，我提醒自己不要忘了自己的個人價值。在我的優先順序中，家人及朋友是第一位，然後是在游泳池中自在的游泳，陪我的狗狗玩，晚上睡在我自己的床上。我很快樂；我非常喜歡我的生活方式；我的收入不錯，足以供得起我所有的需求；我希望人們完成他們的目標，在工作中找到滿足。雖然我還是不知道該選擇那一項作為我最終的志願，但是我對這項任務有著極度的重視與承諾。

——南西・杰爾（Nancy C. Zare）為麻塞諸塞州史布林菲爾市史布林菲爾大學的教員；同時也是「N視訊Z」顧問公司的負責人。

8

全職演講者

數年前，《華爾街日報》頭版的一篇專欄中指出，相較於那些被稱為「沒沒無名演講者」，名流名嘴的費用可算是天價。記者如此寫道：

> 對於知名度高如諾曼·史瓦茲柯夫（Norman Schwartzkopf）或瑪格莉特·柴契爾（Margaret Thatcher）者，他們公開演講的價位每一場可以高達八萬美元的狀況而言，還有數以百計低預算成本的演講也是值得聽眾注意的，這些演講的主題不勝枚舉，從簡易代數到禪牙科醫學。根據估計，在美國每晚超過七千位演講者踏上講台——百分之六十是收費的。有志於此一工作者約有七萬人之多，但實際能夠和演講經紀公司簽下經紀合約的，每週大約只有三百人左右。[1]

羅勃·強森（Robert Johnson）的報導風格雖然極具犬儒主義，易引起他人仿效的風潮，但是在專業演講上，他卻能夠精確地抓住大眾的興趣。這些「沒沒無名演講者」到底是誰，他們又會對你們做些什麼呢？今日，他們都已是專業演講者，每一個人都是赫赫有名——只是還無法與名流名嘴並駕齊驅。在當今這個以經濟掛帥的時代裏，這些演講者都是不可或缺的搶手人物。

何謂全職、專業演講者？

不論是兼職或是全職的演講者，其人數都與日俱增。隨著經濟的起飛，企業會議的場次不停地在擴增，參與會議的人數也不斷地在增加，使得站上講台的演講者人數也越來越多。近幾年來，人數日益成長的支薪演講者已被冠上了專業演講者的名銜。

就某一層面而言，演講者以收費方式站上講台為企業推動行銷服務，這類型的演講便是專業性質演講。但就另一層面而言，只要演講者的演講態度持續且精確，也可以列入專業演講行列。若以此角度觀之，則兼職演講與名流名嘴也都算是專業演講的一環。不過，那些以演講維生的演講者，也將自己的演講定位為專業演講，因為他們早已是人們僱用的特定對象。若問他們以何維生，他們會告訴你「我是專業的演講者」。他們的確是貨真價實的演講者。

不過，如果你要以十或二十年前的嚴格標準來定義「全職、專業演講者」的角色——他們的工作只限於對企業聽眾進行勵志性、重點性的陳述——那麼符合此一要求的演講者其實寥寥可數。就以當今的演講領域而言，演講者日益豐富的收入不只來自講台上，同時也來自訓練、諮詢及諸如錄影帶和書籍等副產品的銷售收入。他們甚至開設研習課程、深入的認識產品課程，以增加自己的實力，讓自己更進一步的邁向專業演講者地位。為了方便起見，在以後的文章中，我們將會交換的使用「專業演講者」與「全職演講者」兩詞。

全國演講者協會成立於一九七〇年代，當年的創辦者大多是兼職的演講者，專門從事基本政策的演講，其對象也大都為企業體或是公司的員工，再不然就是從事專題性演講。這些人都是演講企業家，他們的知名度足以讓他們成為一位成功的全職演講者。全國演講者協會創始之父卡維特・羅勃（Cavett Robert）是一位著名的律師，但一直都未曾中止過演講的兼職工作，直到他在演講上的收入高於主業之後，才正式的踏入全職演講的行列。卡羅・溫特斯（Carl Winters）是芝加哥郊區橡樹公園一浸信會的神父，原本就是一位非常傑出兼職演講者，由於他的演講實在是太精彩了，以至於通用汽車公司僱他為全職的演講者，藉助他精彩的演講來鼓勵公司員工與社區居民的士氣，而他也為通用汽車公司建立起了一正面的形象。後來，他當選全國演講者協會第二任董事長。

大多數的早期演講者及其追隨者，兩者都不停地在擴充他們的溝通領域與活動，這些領域與活動就是人們所稱的資訊採購。具有高度曝光率的演講者，其演講的範疇十分廣泛，從娛樂性、刺激性、勵志性等主題到極為嚴肅的主題，可謂無所不包。其中許多演講者還兼任顧客諮詢的工作，工作內容不外企業傳播、銷售技巧、管理原則與策略；有些則透過郵購或上網的方式，出售自己的演講錄影帶；也有越來越多的全職演講者以出版通訊錄、為著名的出版品寫專欄、甚或以傳真方式來開拓他們的財源；有些全職演講者乾脆自設網站以提供聽眾專業資訊，每一位演講者都能尋找出自己的開源之道。不過，還是有些演講者依舊只靠三十到九十分鐘的勵志性或幽默性演講費用維生，除此之外，他們拒絕接受訓練、諮詢或是以產品銷售等性質的演講。老實說，這樣的演講者可說是少之又少。

現今，大多數全職、專業演講者都是從兼職開始的——許多人是在演講者俱樂部中開始磨練技巧，然後再慢慢地投入全職演講的行列。在他們能夠完全獨立之前，他們都需要協會或是其他演講單位的協助與培訓，這段培訓磨練期間大約需要二至五年。投入演講行列的人數在一九八〇年代到一九九〇年代之間急劇的增加，這種情況迫使他們不得不想辦法自我行銷。那些成功的演講者正好滿足了不斷改變的大量市場需求。

讓專業演講世界變得更加活躍多樣的人，就是原先已投入職場的婦女，以及源源不絕投入職場的婦女們。在一九七〇年代，專業演講領域是男性的天下。今日，女性佔了將近一半的演講市場。許多因為公司裁員及公司合併而離職的人，或是為了在事業上追求改變的人，他們成功的站上專業演講的講台，與大眾分享他們精力、資訊及技巧。

當「專業」這個字眼與演講者連結在一起時，我們就必須釐清它的意思。雖說演講意謂著金錢的收入外，演講者在準備工作及訊息的傳達上，都必須達到高標準的要求。一個以律師或教授為主業的兼職演講者，其專業的程度也許與全職演講者無異；同樣的，那些代表企業主免費提供社區資訊的演講者，其專業程度也同樣值得人們尊敬。的確，若沒有行銷與演講的專業標準，任誰都無法永遠屹立在講台上，而不被時代及群眾所淘汰的。

誰是全職、專業演講者？

以下的類型也許有助於我們更進一步瞭解各種演講者類型，不過，我們也毋須將之視為無懈可擊的標準類屬。每一個類屬都是一個粗略的近似值，歸納出演講者在能力、主題及技巧上的相類屬性。總之，每一位專業演講者的演講風格都融合了許多特質。

鼓吹者

鼓吹者堅持且強調某一特有主題，並善用其具說服性的演講技巧取得聽眾一致的支持。鼓吹者的目標在於鼓動聽眾去認同他們所鼓吹的觀念。銷售員便是鼓吹者的典型代表。不論所銷售的物品是農產品展覽會中一把七・九五美元的蔬果削皮器，或是銷售一部價值百萬元的電腦中央系統，他們都是鼓吹者；福音傳道者是鼓吹者，能夠叫他們的聽眾相信某一宗教；政治家是鼓吹者，尋求選票將他們送進市議會、州議會或是白宮。

在企業的講台上，所有的公司或組織都會僱用那些能夠強力推薦公司產品或服務的演講者，這類演講者的主要任務是行銷與銷售。打著造福社區的口號，波音公司為與政府簽下了某條航線合約，於是派遣該公司某位業務員或是行銷代表對社區聽眾演講，鼓勵該區的民眾向華盛頓的決策者施壓，讓合約趕快通過。一位都會旅行家與集會中心，可能會派遣一位演講者到旅行社的會議室去舉辦演講，鼓吹更多旅行同好去演講者所提到的城市旅遊。一位生命關懷的社區連鎖演講代表，也許會對老年的社區居民演講退休後的生活選擇，這類演講者有可能在公司的安排下長駐社區中。

雖說鼓吹者有可能是全職的演講者，但是名流名嘴及兼職演講者也會從事這樣的演講類型。莎拉・布雷帝（Sarah Brady）是一位非常傑出的演講者，到處演講鼓吹政府應該實施槍枝管制，她的先生詹姆斯・布雷帝（James Brady）——前美國總統雷根的新聞發言人——在雷根總統遇刺時，因挺身護主導致重傷不良於行。她的大力鼓吹終於促成了所謂布雷帝・比爾條款的通過，嚴格的限制手槍的買賣。名流名嘴如羅勃・甘迺迪（Robert Kennedy）

二世者，便極力的鼓吹環境保護；他的表弟愛德華．甘迺迪（Edward Kennedy）在幼年時期因癌症而失去一條腿，他大力的倡導殘障保護的理念，並為此募得不少的款項。最能夠讓好萊塢的名流們上台演講的主題是愛滋病的問題，早期的鼓吹者之一便是著名影星依莉莎白泰勒（Elizabeth Taylor）。此類的倡導者不但會撥出他們的時間，也會大力的捐款，他們有些人只收車馬補助費，有些則除了補助費外還收了一大筆的演講費。這筆預算可能來自主辦單位，也有可能是某位善心人士的贊助款項。

名流名嘴

某些勵志性的演講者由於具有極高的能力與行銷技巧，因而成為家喻戶曉的人物，齊哥．齊哥勒（Zig Ziglar）與東尼．羅賓斯（Tony Robbins）便是最明顯的例子。他們的演講不但具有娛樂效果，同時也讓聽眾精確吸收到演講者所傳達的訊息。他們高頻率的出現在各地的演講台上，再配合書籍與錄影帶的推出，使得他們終於成為眾所周知的專業演講者。當專業演講者想要解釋他們賴以維生的行業內容時，我們時常會聽到他們這樣說，

「哦！我的工作就像齊哥．齊哥勒一樣！」

高薪聘請名流名嘴演講還具有另一層意義，因為名流所帶來的附加價值是人盡皆知的

事情，名流的照片不但可以用來襯托出演講協會的力量，更可以讓許多人慕名來聽演講。如果演講者在後台還附帶出售書籍及錄影帶的話，我們絕對可以預期到在會後會有大排長龍的聽眾，如果請來的是著名的運動員或是第一夫人的話，則其衍生的利潤更是令人難以估計。

幽默專家

在一場嚴肅的會議之後，享受一下溫馨的歡笑，應該是每一位商業會議規劃者的一個共同目標。對大專院校的學生而言，一場充滿歡笑的演講必定是一場座無虛席的演講。有些名流可提供這一類喜劇性節目，但是他們並不是唯一可以製造輕鬆歡樂氣氛的，專業演講者中也有無數具有這種特長的人。

一般而言，幽默專家慣於將自己與喜劇家加以區分出來。喜劇專家的宗旨是為了博聽眾一笑，這與幽默專家所追求的目標不同。幽默專家會透過一些令人莞爾的題材來傳達其真正的訊息——幽默也許可以讓整個職場氣氛顯得更有效率及生產力，或者是藉由幽默來減輕聽眾身上的壓力。許多幽默專家會為企業開設顧客服務的課程或是自尊的課程，其所使用的題材有百分之九十至九十五為幽默題材。紐約幽默專家史帝芬．瑞索（Steve Rizzo）便在演講中提出了「幽默的七種態度」，每一種態度都是減輕職場工作壓力的好方法。那些不認為自己是幽默專家的知名演講者在演講時同樣會利用大量的幽默題材，甚至會站在娛樂的角度而接下大量的這一類演講場約。

麗茲．柯提絲．奇斯（Liz Curtis Higgs）所舉辦的一場幽默演講「歡笑過生活──會心一瞥幽默減輕壓力、提升健康的神奇力量」。一如其他的幽默專家一樣，她站在聽眾的立場選用幽默的主題，並融入當天早上所發生的時事，以及令人發噱的真實故事，來博取聽眾的笑聲與掌聲。大衛．沛迪仁（Dave Petitjean）便指出「他的專長就是撩動你的笑穴，讓你有著家庭式的溫馨大笑」。北卡羅萊納州小姐珍妮．羅布森（Jeanne Robertson）是一位傳奇的幽默專家，她自稱自己為「高度幽默感的高大演講者」。羅勃．亨利（Robert Henry）最擅長的則是，在勵志啟發性的演講主題中融入幽默的話語與題材。遇到願意不斷追求成長的聽眾時，葛雷地．吉姆．羅賓森（Grady Jim Robinson）則會竭盡所能的透過平日所蒐集的幽默故事，提供更深層心理學的剖視。代爾．厄文（Dale Irvin）則已成了全國演講協會不可或缺的台柱，在演講時總是幽默適時的提出當天所發生的事件──這是他在公司團體的會議上所使用的幽默技巧。

勵志性演講者

不似那些意在改變人們觀念的鼓吹者，勵志性演講者所尋求的目標是，強化聽眾心中所擁有的價值觀。他們清楚聽眾們相信努力工作、忠誠、廉潔誠實、自我價值、愛國心、寬恕、樂觀及其他的價值。就像那些僱請他們來演講的雇主一樣，他們也清楚，為了要讓聽眾能夠更有效率的工作，也為了要讓他們在活動與關係之間獲得更大的滿足，有些價值是需要特別加以強調的。

通常，會議規劃者之所以會聘請勵志性演講者，是因為勵志性演講者能夠符合公司的需求，具有提升公司生產力或是對公司更深一層的承諾。最成功的勵志性演講者，會精確地使用豐富多種的語言來傳達他的價值觀，同時還會將其人生經驗與職場中所發生的故事都融入演講中，意在激勵聽眾做出更進一步的承諾。演講本身通常是一種政策性的演講，因為這樣的重點式的開場會讓接下來的演講順利的進行下去。有時候，主辦單位會要求勵志性演講者做重點式的演講，此時，演講者就必須去蕪存菁的引出主要的重點。

只要花上幾分鐘的時間去查閱全國演講協會名錄或是演講者經紀檔案，我們就不難找到許多著名勵志性演講者的演講主題。這些演講者會使用一種獨特的方式來傳達他們的主題，通常這種獨特的方式都是從領域中體驗出來的人生經驗。在選擇成功與失敗的故事時，每一位演講者都有其自己的特色。這些故事都是極端個人的故事；我們最常聽到的開場名稱如下：

◆「充實每一個日子」──德州，達拉斯的艾德·佛曼（Ed Foreman）
◆「祝你登上高峰」──德州，卡羅頓的齊哥·齊哥勒
◆「態度是具有傳染性的──你找到自己的價值了嗎？」──威斯康辛，綠灣的丹尼斯·曼尼林（Dennis E. Mannering）
◆「如何在三十天內重塑你的心靈」──加州，雷格納山莊的潘·羅特斯（Pam Lontos）
◆「一針見血勝過千言萬語」──密蘇里州，聖路易斯的派翠西亞·波爾（Patricia Ball）
◆「自尊：員工潛力與生產力開發的極限」──加州的何納奇（Hanoch McCarty）
◆「一展你所有的長才！」──加州的迪勃拉·克蘭普頓（Debra Crumpton）
◆「贏的策略」──田納西的卡洛·梅斯（Carl Mays）
◆「如何不失平衡的保持敏銳」──亞利桑納的格林納·索史伯利（Glenna Salsbury）

一個演講者是如何開發出勵志性演講的呢？一般而言，這個發展的過程大都來自演講

者自身的生活歷練，可能是他們在某一方面的成就，或是他們克服了生理上或是其他方面的困難過程。一句箴言或是一句口號，一個簡單、強烈的隱喻，或是一則人人皆知的事件，都可能是演講的開場。如果這種演講方式得到市場的良好反應，那麼演講者可能設計一個主要觀念及幾個次要觀念，然後全部以故事來輔助強化所要傳達的觀念，再輔以引經據典的方式來突顯主要觀念。

個人開發演講者

勵志性演講者努力的在激發人心，而個體開發演講者的主要任務則是開發個體的內在生命，人們有時也稱他們為啟發性演講者。在這個主題領域中，以自尊為主題的演講是最受歡迎的。那些自尊曾受到挑剔的家長、老師或是負面生活經驗所蹂躪的人們，就必須透過內在生命開發的方式來平衡存在內心中的陰影。

處理個人的壓力、取得工作與家庭生活間的平衡，是個人開發演講者演講時的另一個重要主題。身處在一九九〇年代的演講者，其在精神層面上的演講主題可說是俯拾皆是，這些精神層面並不是指宗教層面，而是社會急速成長下所發展出來的一種文化現象——生命中不應只是高薪、豪華轎車、異國假期及豪宅而已。這些物質生活的急速發展下，也使得精神演講者的地位日益受到重視。他們倡導十二步提升更高精神力量法則。他們注意到書籍、電影、電視等的發展變化；注意相關團體所發起的社會運動；注意到極力追求內在自我的宗教團體的急速成長。加拿大的文恩・波西（Ian Percy）與伊利諾中心的法蘭克・布卡羅（Frank Bucaro），其在以精神層面為主導的演講中，總會強調他們對企業道德或是正面企業文化的獨到見解。

有些演講者因為信仰之故，進而部分或全部的投入宗教性質的演講中；而有些神職人員或是前神職人員，其訴求的範圍則相當的廣泛，因而他們對聽眾也就沒有一特定的宗教團體。著名的神職人員兼知名作家諾曼・文森・皮爾（Norman Vincent Peale）便十分受到各個宗教團體的歡迎，然而他更受到企業界的喜愛。同樣的，羅勃・雪勒（Robert Schuller），加州某一教堂的神職人員，便是一位極受歡迎的演講者。另一位也是極受企業團體青睞的演講者，是身兼神職人員與大學教授雙重身分，住在賓城的西方大學的東尼・坎波樂（Tony Campolo）。

除了神職人員擅長於精神層次的演講外，一般的演講者也漸漸地投入這種越來越受到歡迎與重視的主題。迪別克・恰普拉（Deepak Chpra）醫生便十分擅長於精神健康方面的主題。來自加拿大的演講者羅賓・夏瑪（Robin S. Sharma）便寫道：

向再指導與再發明說再見吧！在未來的世紀裏，最熱門的企業潮流是以人為中心的：忠誠、團隊、精神……精神並不是指把宗教帶進職場中；它是一種個人的自我發現，建立起綜合性，並把工作與生活視為一場探險，盡情的釋放出深藏於我們內心深處的光輝。2

在全國演講者協會的成員中，最具知名度的要數佛羅倫斯．李多爾（Florence Littauer）及強尼．瓦勒斯（Joanne Wallace），他們兩人擅長於啟發性的演講，而且不論是在宗教領域或是商業領域中，兩人都是深受歡迎的演講者。

個人開發演講與勵志性演講，這兩者間的區分並不嚴格，有時也顯得相當的不清楚。那些有能力從事個人開發演講的演講者，也有能力從事勵志性演講。的確，任何的演講其實都綜合了以上兩種演講要素。若要進一步的探竟兩者間的區分，那麼演講者在從事商業及政府性質演講時，就必須站在道德的角度；而在從事有關法律及公司政策的演講時，就必須站在訊息面的角度。律師便是這一類演講中最常見到的主講者，不過他們並不是此類演講的唯一人選，那些重視人類價值觀的演講者，他們也能夠深入的掌握精神層次的問題，程度不亞於律師身分的演講者。聽眾在面對這些演講者時，會清楚的知道該如何去吸收演講者所傳達的訊息：個人開發性質的演講會高度的強調聽眾的價值感，提升個人的銷售表現；而勵志性演講則意在激起深埋在聽眾內心深處的那份精神資源。就算是單純的法律性質演講，其內容也都與精神層次的感覺脫離不了關係。

第一人稱演講者

幾乎有四分之一個世紀之久，瑞夫．亞奇波德（Ralph Archbold）一直都扮演著班傑明．富蘭克林（Benjamin Franklin）的化身，他不但在穿著打扮上模仿班傑明．富蘭克林，連其歷史背景與生活方式也瞭如指掌。雖然模仿班傑明．富蘭克林的人有很多，但就沒有任何一個人能夠像他這般的傳神，他甚至會出現在公共場合與人握手寒暄，和人們拍照留念。亞奇波德本身是一位極為傑出的演講者，就和其他著名的演講者一樣，他所演講的領域也十分的廣泛——領導能力、管理的改變、與難纏的人共事。異於其他演講者的是，他總是使用班傑明．富蘭克林的語言，再不然就是使用能夠反應出富蘭克林生活味道的語言。喬安．珍森．奈奇（Joan Janssen Nietsche）則以凱撒琳（Catherine）女王之姿站在演講台上，她所主講的主題有「如何成為婦女顧客中的超級巨星」、「趕走惱人的憂鬱」。幽默專家喬治．納里歐提之（George Velliotes）則同時有好幾個模仿的對象，他會視聽眾的需求而定：湯瑪斯・貝里懷特（Thomas Bagley-White）——英國的衛生局長；隆里・羅傑斯（Lonny Rogers）——南方監獄的典獄長；席克・沙拉姆（Sheik Salaam）——沙烏地阿拉伯的石油領袖；或是其他著名的人物。這些以模仿聞名的演講者所扮演講的角色介於演戲與演講之間，不過，他們大部分其實是透過這些角色來傳達真正想要傳達的訊息。

商業專家

顯而易見的，絕大多數的演講者都具有某一層面的商業專長。以下的專長類屬雖然都經過仔細的分類，但不論任何一種類型的演講，都不免會融合其他的類型。

◆改變

◆領導能力

◆顧客服務

◆禮節／禮儀

◆管理／監督

◆具創意的問題解決法

◆形象／流行
◆道德與價值觀
◆多樣化
◆個人開發
◆銷售與行銷
◆溝通技巧：說與寫
◆策略規劃
◆未來
◆全球行銷／不同文化層面
◆時間管理
◆附加物
◆性別溝通
◆團隊精神的建立
◆壓力管理
◆行銷

- ◆成功／成就
- ◆健康
- ◆授權
- ◆生產力
- ◆品質
- ◆科技
- ◆人際關係

教育演講者

中學時，我們大多數的人都樂於參加學校所舉辦的各種規劃活動，因為活動中的演講者會提供我們許多寶貴的經驗。教育演講者依舊是十分熱門的演講者。當今有不少學生根本不聽老師或是家長的話，但是他們卻能夠接受教育演講者的觀念。

來自費城，過去時常對學生們講「如何把書讀好」的前中學老師迪克．格勒佛（Dick Gallagher），便從學校的講台上發展出一條演講坦途。除此之外，他不但在夜間對家長會的成員演講，也在學年期間對學校的老師做過無數次的在職演講服務。來自密西根的麥可·史考特·卡波維克（Michael Scott Karpovich），便清楚的將自己定位在孩童演講專家領域中，他對孩童演講，為孩童演講，也專講有關孩童的事情。他總是不斷地宣傳「納茲法則」以及「讓你自己更強壯」的理念。在演講時，他總是隨時帶著公司的商標——各種不同顏色的網球鞋。他自稱自己是半個羅賓·威廉斯（Robin Williams）再加上半個里歐·布斯卡利亞（Leo Buscaglia）。

來自洛城，主講「如何在校園的遊戲規則中求生存」的約翰·歐斯通（John Alston），便曾指出：

> 什麼是真正的挑戰？就是進入一處容納二千五百名青少年的體育館，想辦法讓那些青少年集中注意力一個小時，這才是真正的挑戰。我利用這個演講來詮釋家長與老師關係、個人責任、性格等的主題，而每一個主題都必須舉出一個以上的事例。3

此外，諸如歐斯通這一類的自由特約演講者，通常也是組織團體喜歡僱請的對象，因為此類的演講者有其特殊的方法，能夠影響學生的思想意見與行為，尤其是在藥物的使用及性安全上。

大專院校演講者

大專院校的學生人數就是一極大的行銷市場。每年在校園中舉辦的娛樂或是演講方案就高達三千五百場之多，其中有二千場左右的主講者是由全國演講協會校園活動組包辦，設立這個協會的最大功用是推薦預約主持會場的演講者，這些演講者也許是協會本身的成員，也可能是學生或是學生活動中心的職員。這些演講者會在所有的場合中極盡所能的發揮其長才，讓自己在這個領域中日精月益，以為日後的演講事業鋪路。

高達百分之九十的校園演講價格具有極大的競爭性，競爭者就是一般的演講者與娛樂性質的表演者——大部分是搖滾樂與爵士樂的表演者。催眠師與超感治療也都加入了各式各樣的人物——喜劇演員、魔術師、印象派主義者、變戲法者、舞者、踩高蹺者、玻璃瓶雕刻者、跳繩者、聲光規劃方案以及小丑籃球隊等的人物，目的是為了要吸引學生聽眾，而具有相互影響的活動則是目前吸引學生的最新活動之一。有越來越多的校園活動主講者會在演講中融入音樂。來自紐約的羅蘋·格林斯坦（Robin Greenstein）便是這一類演講的最佳例子，當她講「女性的形象」時，便唱作俱佳的將民謠加入其演講中。

名流也是校園十分歡迎的演講者。有不少的演講者在校園裏獲得不少的報酬，他們所談的主題頗為多樣——生活態度問題、環境問題、領導能力問題、性別問題、毒癮問題、事業規劃問題、學業及未來工作等問題。一個最明顯的例子便是二十八歲的布雷利．理查森（Bradley Richardson），他所講的主題為「二十幾歲的工作智慧：成立信託基金的最佳美事」。漸漸地，學校的教授們也感受過去自己所極力反對的這一類主題，竟能帶給學生們無比的價值。他們轉而規定學生們一定要去聽這一類演講，要求學生們將演講當成必修的課程。例如，聽一位曾經親身經歷越戰的演講者談越戰，其效果絕非一般的課程、書籍、參考書或是電影所能比擬的。

不過，想要成為一位成功的校園演講者可沒有想像中的容易。校園演講的環境迥異於商業與公司組織性演講的環境。巴利．達克（Barry Drake），當選一九九五與一九九六年全國演講協會校園活動組年度演講者，專精於搖滾樂的歷史，他便覺得要成功的成為一位校園演講者，就應該放下自己的身段，與學生們平起平坐，不論在行言舉止、穿著打扮上都與學生們同一個調。在其妻子的大力協助下，他的校園演講行程非常的緊湊，一年中有二百三十五天都在趕路。他不只是行程緊湊，而且競爭壓力也極大。最近在全國演講協會校園活動組的一場區域性的會議中，就有四百八十位演講者爭取五十四場校園演講的機會。

至於費用方面，非名流性質的校園演講者，其費用每一場約從五百美元到二千五百美元。有許多校園演講會藉由傳單、錄音帶、錄影帶等工具來做自我行銷；有些校園演講則是透過書籍來進行自我行銷。

訓練師

訓練本身就是一種行業，不過有時很難與演講劃分清楚。訓練隸屬於三大別的其中一項：(1)受僱於企業體的專職訓練師；(2)受僱於訓練公司的訓練師，由公司為他們安排客戶；(3)個體性、獨立性的訓練師。由於訓練技巧與演講技巧間重疊的部分極大，因此這兩方面的工作對他們來說都是輕而易舉的事情，這其間的異同已於第四章中討論分析過。雖說受僱於企業體的訓練師與獨立為企業訓練員工的訓練師都不認為自己是演講者，但是大多數認定自己為演講者的人同時也兼具訓練師的身分。所有的演講者除了顧慮到自己的興趣外，酬勞還是他們最大的考量。

研習會主辦者

在近幾年中，「研習會」這個名詞的意義越來越廣泛，從大學畢業論文的小組研討到任何類型的教育經驗等無所不包。例如，連鎖戲院的業主會要求員工去參加研習會，以求能夠提升爆米花的銷售量。研習會如果不是由公司專任的訓練師所主導，便是由其他兩種類型的訓練師（訓練師經紀公司或是特約訓練師）負責訓練。至於那些同時也從事訓練工作的演講者，也會突顯他們在研習會方面的功能。

在演講的領域中，研習會同時也被解釋為公共研習會，此類的研習會通常是由全國性的研習會公司負責主辦，主辦的公司諸如事業軌道、技術道、佛瑞德．布萊歐、唐恩與布雷德街、或是美國經營管理協會等。他們會將所舉辦的研習會資料郵寄給客戶，有時候可以吸引數百人來參加。通常他們租用飯店的會議廳來作為研習的場地，這種一天性質研習會的特色為，時間短且成本低，索費大約為八十五至一百七十五美元。參與者可能在研習會中學習到的各種東西，從電腦技術到如何與難纏的人相處等。雖說各家研習經紀公司與演講師所簽的合約都會有程度上的差異，但一般說來，研習會演講師每天所得到的報酬約為二百至五百美元左右，再加上書籍、錄音帶與錄影帶的銷售抽佣。

一九九〇年代，許多小型公司開始在地方或是區域層次的地方推展業務，將其產品目錄郵寄到當地的住戶信箱中，在當地的媒體上刊登廣告，同時派遣公司專屬的訓練師上當地的脫口秀節目。《分享觀念》雜誌便稱這種公司為「新浪潮研習公司」。這種類型的公司有些是附屬於貿易團體組織——終身學習升級中心。就像一些較具歷史的全國性公司一樣，他們也會為忙錄的成年人開設半天或是一天的非學術性研習營，所提供的課程內容包括積極的訓練、網路的使用、美食烹飪、走出離婚陰影、當代社交禮儀、書籍的啟發、找尋自己的根源、天文學、投資等。不同於比較傳統的全國性公司，這些公司比較偏向在晚上及週末的時刻開辦研習營。

這個新團體的最大研習營之一是「安尼克斯學習營」，這個營遍佈許多大城市，其對未來學習營領域的評語是：

> 學習營領域目前正大行其道！人們努力的尋找一種不同的方式來指引他們的生活，舉凡減輕壓力、認識靈性、結交新朋友或是開創一小事業。那些提供這一類資訊與產品的研習營主講者，他們有可能在這個領域中走出一條坦途來。4

不論是專職或是兼職的演講者，都會主持這一類的研習營。

贊助性質演講者

並非所有演講者所領的報酬都是由主辦單位（公司、協會或是學校）給付的，這一類贊助性質的演講者，有時候也稱為公共關係演講者。有些非營利性質的組織為了募款，會請名流或是請自己組織的執行長上台演講，例如，愛滋病、癌症、心肺及其他疾病等的研究基金的募集。有些熱衷於世界福祉——飢餓、環保或是其他挑戰——的組織，會聘請演講者來鼓吹自己所欲追求的理念。有些公共事業的公司，則會安排自己的員工上台向區域市民團體及資深市民演講，奇瓦尼斯俱樂部便是一著名例子。目的是要市民們瞭解，造成他們水電費起伏的因素是什麼，意在創造聽眾心中一種競爭的期待，讓聽眾感受到競價時代的來臨。為了取得社區居民的支持，當地的電力公司——艾迪生電力公司便說服公共事業社區事務經理上台演講。

此外，企業體也發現，贊助演講者可為自己帶來極大的利益，最著名的例子是製藥工業，他們會定期的請產品的研究者或是使用自己產品的開業醫生們代表公司演講，其對象為電視媒體及其他醫療保健組織。就以史密斯克萊．比其曼製藥公司為例，他們聘請合格藥劑師或是其他的科學家代表公司演講。杰夫．麥奇（Jeff Mackie）是一位具有藥劑學與毒物學博士學位的合格藥劑師，同時也是史密斯克萊公司的產品訓練總監，他是一位天才型的演講家，一場演講下來，把公司的大盤商講得個個志氣高昂信心滿滿。一位以幽默的口氣主講職場、自我形象、自尊等主題的演講者，必能為公司帶來極大的裨益。

除此之外，還有兩個演講團體提升了史密斯克萊公司的行銷業務。一個團體為三十個區域的藥劑聯盟，他們全都是醫師或是合格藥劑師，全天候的提供業務人員的技術援助。他們到各個藥劑聯盟去演講，進駐到各個醫學院及醫院去推展他們的業務。另一個團體則為醫師團體，藥劑公司借重他們在領域內專業臨床經驗，付費請他們代表公司演講。雖然說這兩個團體都沒有直接銷售史密斯克萊公司的產品，不過，不可諱言的，這兩個團體都是公司行銷及業務上的一個重要部分。

芭比·史瓦茲（Barb Schwarz），一位西雅圖區域的勵志及銷售訓練的演講者，他創造出一套複雜的方法來贊助演講。她自問，什麼樣的事業可以因為我的一再重複演講而獲利呢？例如，如果我想將我的銷售訓練研習營延伸到不動產業，那麼大哥大公司是否有興趣贊助我的演講，將我推到他們客戶的面前呢？答案是，他們很有可能會很感興趣，因為不動產業的業務人員投入大量的時間走訪需要他們代為銷售的空屋。她自問，如果我為旅行社協會推展顧客服務研習營，航空公司或是遊覽車公司會不會有興趣贊助我的研習營呢？

答案是，非常有可能。史瓦茲寫道：「贊助方式極具效果，值得一試。勇敢的跳進去後，你會豁然明白原來它是如此的容易……當你開始知道擅用贊助的演講方式時，你就會發現俯拾皆是機會。」5

貿易協會也會贊助演講，他們贊助演講的目的並不是為了取得直接的財務收入，而是為了提升大眾對其工作的瞭解，創造一個鮮明的形象，促進大眾對健康的重視，再不然便是單純的只想要提升商譽。以俄亥俄州的蘋果行銷者為例，他們對史帝芬．紐曼的演講便是完全的贊助。身為一位年輕的新聞記者，紐曼花了四年的時間走遍世界各地，為其報社所做的貢獻真可謂不小。在成為俄亥俄州民心中的英雄後，紐曼的著作變成俄亥俄州所有學校的最佳課外讀物。蘋果行銷者公司支付他演講費及一切雜費，請他一天到兩所學校去演講，他在個人的經驗中加入了強尼．亞普利茲（Johnny Appleseed）（紐曼極為推崇的一個人）的故事，成功的傳達了自尊、美德以及道德勇氣的精神。

我的演講是由那些想打知名度的知名公司所贊助。當我主講營養及健身時，我的責任在於教育及鼓勵聽眾。我毋須時時刻刻的把贊助公司的名字掛在嘴邊，因為那只會引起聽眾的反感，而我也會因此而失去原有的信用度。我要讓贊助公司感受

（續前頁）

到我的演講讓他們物超所值，於是我鼓勵贊助公司將其名字放在下列的地方：

- ▼在會議通知中
- ▼在方案會議上
- ▼在海報上
- ▼在產品展示會上
- ▼在公司簡介手冊或是折價券上
- ▼在講義上
- ▼有時候在幻燈片中的小商標上
- ▼在司儀的公開感謝詞中
- ▼在後續的客戶週報上，我甚至願意親自書寫這段感謝文

在南非、加拿大、英國、美國等地，我的演講都曾得到不少公司的贊助，如柯洛格公司、班叔叔米廠、米德·強森、羅絲製品、麥當勞及貝斯特保健公司等。演講的場地不一——會議中心、健康展示會或是協會性質的會議。所演講的主題一般

（續前頁）

都脫離不了贊助單位的產品與服務，但也不完全是如此。

我的著作《感覺神采飛揚》，由加拿大的麥克米蘭出版，讓我的贊助性演講更加順利進行。我的同事在加拿大舉辦了一系列的贊助性演講，贊助的單位包括教師單位、食物療法單位、護理單位、休閒領袖協會、文化局、旅行單位及休閒單位。一套贊助活動包括了八場演講、電視演講錄影帶、時裝秀司儀及新書簽名會。

如果你希望自己的演講得到相關單位的贊助，那麼你就得藉由下列的方法建立起好的名聲：

- ▼成為專業領域中的領袖
- ▼讓你自己在媒體中成名
- ▼為你的同僚所熟知
- ▼對你的專業組織提供義務性服務
- ▼成為一位媒體人
- ▼出版文章刊物
- ▼著書

（續前頁）

贊助性的演講可以讓你的演講邀約變得源源不斷。就算你在一開始必須不斷地找尋有意願合作的公司，但是一旦他們用了你之後，便會發展出長期的合作關係。

——梅・馬士克（Maye Musk）是一位來自舊金山的時尚勵志演講者，擁有南非及加拿大兩所大學的科學碩士學位，同時也是一位合格的營養師。目前為加拿大及南非營養顧問中心的董事長。

當今瞬息萬變的講台

對演講者以及聽眾來說，講台魅力總是深深的牽動著兩者之間的化學反應，這份動力是不太可能會改變的。然而，科技卻會大幅的改變演講者與聽眾之間的關係，這樣的改變不但不會貶抑兩者的動力，反而更能提升彼此的動力。

手提電腦影像，它是演講領域的一大改變，而目前最受矚目的改變則是利用寬螢幕來投射演講者的影像——通常是二十五平方英吋，這種方式可以吸引到數千名的聽眾。就理論上而言，聽眾當然是希望螢幕越大越好。除此之外，演講者也可以利用自備的幻燈片將自己的影像投射在大螢幕上，再不然也可以從遙遠的地方投射過來，這種投射方式包括網際網路。先進的科技設備，可以讓一位身在數千哩之遙的演講者（聽眾）與企業領袖互動。

那些身兼訓練與演講於一身的人，現在都紛紛的採用遠距學習科技，這是一種全新的領域。大專院校的學生們也許可以透過衛星或是有線電視的方式來修課，再透過電子郵件將他們的作業交給老師。另外，他們也可以從錄影帶或是CD-ROM取得所需的資訊。再不然，他們也可以利用一種線上連線錄影帶教科書的學習方式。

另外一種比較單純的改變是，滿足聽眾「把演講者帶回家」的欲望，這裏的演講者指的是視聽錄影帶。利用高速複製機器，在演講者演講完畢後幾分鐘內，演講錄音帶便可以複製完成。錄影帶的複製就需要比較長的時間，不過通常也都在一至二天便可完成。有些演講者會透過自己的演講來行銷錄音帶。不過，有些演講者的方式就顯得與眾不同。來自加州的羅勃．費雪（Robert Fish）便在其演講中大量的使用說故事的方式，並發展出一套預約費雪故事的方法來，這個方法帶動了人們在車上聽故事的風潮。

以專業演講維生的代價是什麼？

個人特質

成為一位全職專業演講者的過程，讓人感到興奮又具挑戰性，它會讓每一個人都盡其所能的投入其中。當然，具備優秀的修辭技巧是不可或缺的，不過，任何成功的演講者也都要具備有特色與人格要素。由於這個領域的高度競爭與自然淘汰，因此要成為一位成功的演講者必須果斷、有耐心、熱衷的條件，對於所講的主題要充滿自信，以及具時代性的成熟遠見與觀點。

自我反省

自我反省是第一步。自問：以演講維生是我絕對追求的事情嗎？許多演員、畫家、音樂家、運動員及其他類型的表演者，他們都必須面對同樣的問題。部分的問題是，你的自尊是否健康到足以面對被拒絕的命運。另一部分的問題則是，你是否有管理時間與資源的原則，以求能夠達到你訂定的目標。由於這些挑戰實在太大了，因此你必定會經驗過一段不可避免的煎熬。

許多演講者都曾得到德州達拉斯市茱莉妮愛爾蘭聯盟的協助，這個聯盟推出了「專業否則就退出」的方案，來協助演講者追求演講領域上的堅定信念，並順利的發展他們的講台事業。她帶領顧客經驗了一連串的信念系統，並將這套信念系統定義為「源自於你的家庭及主要機構的人生經驗基礎。從你出生到現在，你一直受到這個基礎的響影與左右」。從這個分析中，我們可以更深入的看到一些精闢之處，如他們所需的精力源於何處，而他們又如何善用這些精力。她要求顧客依重要性輕重列出三十個最具價值的東西，諸如金錢、認知、安全感、興奮、服務、生產力、競爭、知識及和平等，以求能夠切確的掌握未來演講事業的方向。

主題專長

要非常清楚的掌握你本人與你的主題之間的關係。如果你在某個領域是個專家，而且曾在這方面接受過長時間專門的教育以及實際的體驗，還對此領域充滿了無限的熱情，那麼你便毋須過於擔心自己的能力問題。不過，有不少人為了求得講台上的卓越表現，而放棄了自己的真正所需。這一類型的演講者喜歡在演講的過程中取悅聽眾，至於訊息的傳達反而在其次。對此類型的演講者而言，他們的首要任務是，他們必須確定自己急切的心態不會讓自己顯得極為神經質，否則很快的他們便會被淘汰於講台之外。第二個任務是，仔細思考自己所要講的主題，並保證必具有專家的程度。那些熱愛演講並熱衷於自己所講的主題的演講者，絕對會得到高度成功的滋味。

雖說選擇絕對的主題有可能為自己的演講事業帶來豐厚的利潤，但是演講者若對企業效率、安適程度和壽命等主題具有高度熱忱的話，則其受歡迎的程度將更為廣泛。不過，話又說回來，大量蒐集及整理全球經濟、科技、生產力或是其他受歡迎的主題，是一回事；然而，傳遞深度的資訊，對所講的主題具有深切的承諾態度，這又是另外一回事，持續不停地成長、累積經驗，才能更加豐富演講的內容。

清楚宣示你的任務

對於那些由一處遷到另一處的人們而言，不可諱言的，他們都知道自己的終點。今日，數目不停增加的公司行號也發現了這個重要性——他們必須清楚的掌握公司未來的去處。尤有甚者，自從史帝芬．柯維出版公司所出版的《高效率者的七種習慣》後，許多公司董事會、個體開業醫生、貿易協會組織等的單位，也都紛紛出資出版這一類任務宣言的著作，藉以鼓勵士氣。

以演講為謀生方式只是無數領域中的一環而已，軟體銷售者及硬體銷售者也都屬同一類型，不過其規模比較小。採用任務宣言的方式，不但可以讓精力及金錢的消耗有了特定的方向，也可以測量出其消耗的效率程度。一份宣言可以突顯出四種人類的基本需求：經濟或金錢的需求、社會或關係的需求、心理或成長的需求及精神或貢獻的需求。例如，對一位主講團隊領導的演講者而言，其任務宣言可能「針對一個持續性利益演講領域，使得公司員工能夠發展出某些關係上的特質，此特質即是把公司的業績做最徹底的推動，以造福當地的社區」。每一種專業領域的演講者都會開發出一套特有的任務宣言，幽默專家如此，國外政策、親子關係、會計、個人成長以及談判技巧等的演講者也是如此。

為了適應日新月益的環境與狀況，任務宣言也必須具有相當的靈活性，同時也必須考量到演講者領域的各種可能。有些演講者可能只講一種主題，而有些演講者所講的主題變化多樣。有些演講者可能無意去銷售自己的著作、錄音帶及錄影帶，除非聽眾要求；而有些演講者則會發現自己的演講場次不停地在下降，但是訓練的場次卻不停地增加，這時他們便會視情況來調整自己的任務宣言。

一份領域發展規劃書

想要成為一位專業演講者必須循著某些步驟而行，這些步驟我們都已經在前面兼職演講者一章中有過詳細的討論。不過，如果真的要以講台維生，則不只是要注意上述的步驟而已，還要一份詳細的領域發展規劃書，尤其是在行銷的領域方面。如果你打算進入演講界，並以此業維生，那麼你就得仔細的研究演講領域中相關的各個層面。

時間架構

大多數的全職演講者是抱持著輕鬆的態度進入這個領域的。在一開始，他們都是以兼職的身分從事演講的工作，直到收入達到需要的理想時，才會全心的投入這個行業當起全職的演講者，這其中，有些演講者將主業改成副業或是乾脆辭掉原來的工作，這樣的決定除了要有能力之外，也要看老天給他們的運氣。有些靠著信託基金起家的演講者，他們在擁有豐厚的演講收入之前，可能承繼了一筆遺產或是依賴本身的存款度日，再不然便是靠著朋友或家人的協助度過未成功前的難關。

關於需要多久時間才能成為一位全職的演講著，其評估結果不一而終。不過，若以實際的時間架構來評估，一般而言是二到五年的時間。其最佳的要求是，演講者必須不停地投入所有可能的演講機會中，從這個過程來累積豐富的經驗與技巧。這個過程是無人可以預測的，靈機應變便是對演講者最佳的磨練。

最要的是，你要有一套穩固、書面且實際的計畫，而且這份計畫必須是一份沒有危險的計畫，意即你不必靠著這份收入來養家，也不需要用貸款來養家，同時你還要有一筆存款以備不時之需。另一項危險是，你對財務狀況的擔心可能會折損你的精力與創造力，讓你無法全心的投入演講的領域中。

規劃性的收入與支出

若要評估你將來完全投入演講領域後的收入狀況，最好的方式是，由你從事兼職演講時每一場的收入以及演講的頻率來評估最為精確。如果你每一場演講的費用在一百至二百美元間，同時每個月有數場的演講，你當然不能冒然的跳到全職演講的領域中。相對的，如果你兼職演講的收入超過了你主業收入的一半，則表示你的狀況十分良好，這時也許可以考慮做一個比較大的改變。你一定很少聽到那些成功的演講者談到他們當初在這個行業闖關失敗的事蹟，但是在他們不設防的時候，有些演講者就會告訴你，其實他們希望當初可以慢慢地跨入這一行。

如一旦演講者的事業及行銷的優先順序不正確，冒然的投入全職演講領域，你所必須付出的代價可能很快就毀掉整個事業。眾所皆知的，剛踏入這個領域時，演講者需要租辦公室、僱請員工、刊登廣告、租用郵件名單及印刷詳細的題材。問題是，此時的他們根本還不知道這些步驟並不重要，也不知道這些費用該從何處來。演講事業的美妙之處就在於，在整個過程中它所需的費用並不高。

幾乎所有全職演講者都由自己家中開始創業，就算那些曾經租用過昂貴辦公室的演講者也不例外。有一個例外是，有非常少數的演講者會經營一大型訓練班，大到必須僱請職員協助處理業務，需要一個辦公室，甚至需要一間訓練室。另一個例外，就是那些提供衍生性書籍及錄音帶，喜歡監督員工及處理目錄、郵件及錄音帶複製的人。大多數的演講者會發現，將諸如這一類的服務外包將會增加不少的成本預算。

對初入門的演講者而言，還有另一種金錢浪費的形式，就是印製附有個人名字的精美彩色手冊、錄影帶、冰箱吸磁、塑膠迴紋針等物品，以及其他的廣告方案。也許在未來等你有了相當的名氣後，這些東西會派得上用場，但是絕對不是剛入門這個時候。

巴伯．布洛奇（Bob Bloch），是一位專攻行銷的資深演講者，其所發表的文章〈為演講者設計一個足以生存的行銷規劃書〉中，他便站在現實的角度看演講者的收入與支出。他提醒讀者要提出一個問題——他們需要的實際收入是多少？而要支付辦公室租金、員工薪資及外包事物的金額是多少？無法抵銷的事業支出——辦公室設備及維修、軟體、雜項支出、偶發性支出、還有稅金等又是多少？

假設上述所提出的各項支出，最保守估計為十萬美元，而我們一年所訂下的演講合約為三十五場，那麼每一場的演講費用便必須設定在二千八百五十美元以上。如果每年接到五十場的演講，則每一場須收二千美元才夠使用。如果一場全天候的演講為七個小時——包括演講費用、員工費用及往返時間，約要十一個半小時的演講費才夠使用，這時我們便可以結算出來，一場七個小時的演講，實際上是要花上八十七小時又三十分鐘。將每場二千美元的演講費用除以所需的時間，便可以算出我們每個小時的淨收入為二十二．五美元——再扣掉稅及其他雜支，則每個小時實際的收入才一三．七一美元而已。這樣的收入真的能夠讓我們致富嗎？也許不會。「雖然」一般的演講者每年投入這項工作的時間平均為二千個小時……每年的演講場次達五十場，但是我們還是得用掉屬於自己的四千三百七十五個小時……這樣值得嗎？絕對是值得的——我唯一懊悔的是，我白白的浪費了前面的四十二年，卻不知道要去掌握這種絕妙的機會。[6]

其他的演講者還各具有不同的標準——不同的準備時數、各自索取費用的標準、他們期望接到演講場次的數字及總開銷的數目等的標準，來衡量其收入與支出。而比這些數字更重要的則是實際財務規劃的製作過程。

行銷

行銷的定義之一是，一個人在其領域中為了賺錢所做的任何事及每件事——從每天早上的衣著打扮以提升自己的專業形象，到演講會結束後寄感謝卡給客戶的舉動。就這廣義的定義而言，某些部分是真實的，不過，對那些已經定有一份規劃書且正大步邁向成功的演講者而言，它卻稍嫌不夠實際。讓行銷規劃更具效率的一個方法是通過三個步驟：定位、交際接觸與結束。定位是指從事那些能夠建立起你的可信度的事情；交際是指從事那些能夠將你推到潛在顧客面前的事情；結束是指取得演講的機會——也許只是一種非正式的口頭性溝通、握手或者更完美的是得到一份書面的合約。

定位

你獲得演講場次的頻率以及你收入金額的多寡，端視會議規劃者對你的認知。如果你是一位合格的專家同時也是一位著名的演講者，那麼你成為成功演講者的機會將大為提升。如果你演講的主題又是廣受歡迎的題材，諸如顧客服務、銷售或是領導特質，那麼你豐富的經驗無疑地可為你奠定行銷市場上不可動搖的地位。

目標市場——有不少的演講者發展出目標市場，這是一種局限性的領域行銷，通常被認為針對某一特定領域或職業的行銷。領域專家們自有其自然的行銷範圍——會計專家演講對象為合格的公共會計師；退休的鐵路執行長演講的對象為運輸業的成員；倉儲業公司的管理者演講的對象為製造商。學校也是一個安全領域的行銷對象，小學、中學及大學皆然。不但學校如此，婦女團體、宗教、脊椎指壓治療等領域也是如此。總之，任何具有普遍性質的領域皆如此。就算演講者沒有領域的人脈與資源，但只要他能夠精闢深入的提供聽眾資源與見解，他一樣可以在其領域中建立起安全領域行銷。

有些演講者雖然對不動產、牙科、高科技及其他領域沒有什麼經驗，但是他也同樣可以在那些領域中成為極端成功的演講者，那些領域成了他們演講事業的目標市場。他們決心選擇某一領域，並對那個領域做一徹底的研究，只因為他們覺得有此需要。接著，他們也許會到當地的協會或是某家公司演講，作為他們踏上演講事業的第一步。或許是實力，也或許是幸運，他們的這個經驗終會為他們往後帶來極為豐富的利益。如果一位演講者既不是領域專家，也未曾在某一領域中有很好的開始，那麼他們還有一個選擇——不過這並不是絕對性的選擇。茱莉妮愛爾蘭聯盟便發展出一套領域研究系統，這套系統讓顧客可以深入瞭解整個過程，他們會從中界定出一專業化的行銷，並開始發展出屬於他們自己的市場區隔。他們在某一特殊的領域中界定出關鍵性的人物，這些人物可以測試出顧客的行銷成果。他們拜訪目標市場中的人物，以求找出主要的市場問題，與這些人一起努力來找尋可能的問題解決辦法，研究市場的出版刊物，與市場的領袖培養一聯合的默契，然後提供一個免費的引導性方案作為跨進目標市場演講的開始。

目標市場也許也會受到地域上的限制。先前所提到的贊助性演講者史帝芬・紐曼，他便在俄亥俄州發展出屬於他自己的目標市場，其中尤以學校為最主要的領域。他擅用訴說強尼・亞普利茲的故事的技巧，將他的演講事業推向高峰，不但成功的把演講費用提高，而且使得他的著作及錄音帶也跟著大發利市。他的演講約有百分之九十都是在俄亥俄州，而這也正好讓他有更多的時間從事著書的工作，這點是其他奔波各地的演講者所無法做到的。

著作業——在尋找演講者的過程中，會議規劃者幾乎自然而然的會找上作家。對這些作家而言，很幸運的是，會議規劃者是否邀請他們演講，與其著作的暢銷與否或出版社規模的大小沒有關係。同時，會議規劃者也不必一定要請自己所崇拜的作家出來演講。由此，那些一心想要出版著作的作家們也就有了更寬廣的領域可供選擇。幾乎每一期的《分享理念》與《專業演講者》雜誌都會刊登許許多多的公司行號，給予演講者極大的空間介入寫書、出版及行銷的行列，同時全國演講者協會的大廳中也都登錄不少出版業者的名字。另外，對於那些文筆不是很好的演講者，或是那些撥不出時間來寫作的演講者而言，代筆者可以幫上他們很大的忙。然後請來封面設計師來設計書籍的封面及內頁圖案。有些出版公司只出版不行銷，有些出版公司則是出版、行銷一手包辦。不過不論是那一種出版公司，在出版的過程中他們都會與演講者充分的討論，提供所需要的專業服務。作家踏入演講領域最主要的價值在於其著作的存在，而非在於其間所獲得的收入。就算演講者與大型出版公司簽有高獲利的版權金合約，這些演講者作家也應盡其責任的透過各種管道促銷著作。許多作家在介入了演講領域後，還會與出版公司簽下著作再版的合約。

在演講者行銷的領域中，一本等身著作的書籍不只是為了提升演講者的地位而已，許多演講者出版通訊錄的目的是為了要提升其目標市場。如果他們能夠挖到比現有的資訊更多內幕的話，那麼他們在演講領域的地位就更加的不可動搖了。而有些演講者則會出版一系列以其演講主題為主的小冊子，再交給專門從事郵遞、傳真公司或是透過連線服務的方式，達到廣告宣傳的效果。最簡單也最受歡迎的廣告方式之一，就是為地方報紙或是以商業為導向的期刊寫專欄。一份資料新穎、易讀的好文章，再配合發行時效的掌握，絕對可以吸引無數忙碌的編輯，也為演講者帶來難以計數的行銷機會。

公認的專長——如果你是一位演講者，那麼你一定有某方面的專長。你應該儘可能的抓住所有可能的機會讓大眾知道你的專長。如果你能適時的將時事狀況融入你的演講中，並讓聽眾覺得值回票價的話，那麼你在聽眾的心目中便是一位專家。例如，如果媒體高度的報導某個在購物中心精神崩潰者的故事，或是極度渲染某位警官的毆妻事件，而你又是一位專長於解決相關問題的心理學家時，你便可以適時的利用媒體的力量來展現你在這方面的專長。如果你是一位環境保護主義者，那麼不論何時，只要發現危害地球的毒素、化學污水或是廢水時，立刻招來媒體的注意及報導，相信你馬上就會成為眾所皆知的知名環保專家。如果你是一位律師，在辦理離婚事宜上具有豐富的經驗，你不妨為某名流的離婚案提供一些你的專業意見，這樣一來你不但幫了你的出版公司一個大忙，也將你自己的名氣更往前推進一步。舉了這麼多的例子，其所要傳達的最大宗旨是，當你感到機會來臨時就要毫不猶豫的抓住它。當你的專長得到發揮後，記得要寫一封感謝卡給你的編輯。畢竟，保持良好的互動關係才能有長久的合作。

印刷媒體也許歡迎你成為一位專欄作家；而如果你有機會的話，廣播記者也非常歡迎你對新聞事件的專業意見。同樣的，許多電台及電視節目的經理也都十分歡迎你開一個常態性的節目，透過直接的訴求或是來賓的訪問，將重要的訊息傳達給聽眾及觀眾。這種空中時間的競爭是不可諱言的，不過其潛在的報酬卻有可能是你所無法計數的。

出版公器──獲得知名度的一個重要方法便是利用出版公器，出版公器包含著種類繁多的資訊可供演講者使用。雖說再好的出版公器也無法取代演講者本身的好名聲，然而它卻也是演講者在鞏固地位時不可缺少的要素。它自成一個系統，不但可以查出有那些人想要進入演講界，同時也可以查到一連串領域內的演講主題，再不然也具有提供特殊需要之功用。此外，它也可以是一方案主辦者、記者、編輯或是一脫口秀主持人的「背景者」。

理想的出版公器包含如下：

◆一份專供演講用的基本資料：包括你的姓名、地址、電話號碼、傳真號碼、網址、頭銜、每一場演講的簡要主題及你的資格，顧客對你的推薦及你個人的照片更能增加説服力。這一份資料必須有專業化的設計，而且要以黑白色為主。這份資料是必備的一部分

- ◆一份以彩色為底的創意簡介，簡介中詳附你個人與演講主題的資料；顧客來信；你所提供的額外服務，諸如訓練研習營、諮詢服務、著作及錄音帶等
- ◆一份詳細的自傳，仔細介紹你的教育程度、領域背景、演講經驗、家庭背景、服役情況、嗜好及任何會議規劃者可能會喜歡看到的資料
- ◆聽過你演講的聽眾所寫之推薦信的複本
- ◆你本人的二吋黑白照片——頭部及肩部或是一張全身照也可以
- ◆複印你所寫的演講文章
- ◆複印有關於你的報導的文章
- ◆你的通訊錄
- ◆詳列你所提供的產品：著作及錄音帶
- ◆你演講的帶子——錄影帶或錄音帶
- ◆收費演講行程——只有要求時才提供

◆打知名度，刊登你的演講場次，並將日期、地點及贊助者名字全部詳加列出

◆封面文案——務必專門製作

一貫性——知名度可以讓你的演講事業越走越順利，因此必須讓它持續不墜。在你開始這個事業的時候，只有一或兩家出版媒體報導你的消息是沒有什麼助益的。知名度本身並不會無由而生；它需要持續不斷的注意力。目標市場的好處之一，就是它可以讓你的知名度集中在某一範圍之內。如果你在某一州、某一區域或是某一大城市的都會區演講，你不妨儘量的與媒體的編輯、記者、脫口秀的主持人、公司與商會的傳播董事及其他可以讓你的名字登上新聞的人取得聯絡。如果你專長於某一領域，你不妨與領域中的出版編輯、通訊錄製作者、公司公關人員及其他會刊登你的文章、邀你上電台或是電視頻道的人員保持聯絡。相對的，如果你演講的題材不限，那麼你想要建立起知名度就有點困難。

媒體曝光——擁有詳細姓名與頭銜的媒體名錄是提高知名度不可或缺的工具，定期的將你的活動訊息告知他們，好讓他們對你產生深刻的印象。依照節目的屬性來界定電台與電視，比較容易找到適合你演講主題的節目。詳列出那些會報導你的演講題材及你個人資料的報社記者與編輯，此外，同業刊物、消費者雜誌、一般的企業媒體、新聞領域專欄作

家、週日報紙供應商等的名錄也都必須掌握。深入的掌握所有資源的屬性方向以及其截稿日期。有時你的顧客也可以為你安排媒體曝光的機會，不過只有當你演講的區域沒有任合媒體可供利用時才考慮這個方法。一般說來，媒體關係的責任是你的。

有時候透過公關公司或機構也可以達到讓自己曝光的目的。如果你能夠找到一個從公關專業領域退休或離職者且收費又低廉，那是再好不過的。就以公關公司而言，他們打造你知名度的代價每月約為一千五百至二千五百美元左右，支出另計，而且還不保證你一定會獲得媒體的青睞而得到曝光的機會。有些演講者會以小時計費的方式，僱用專人來為自己的行銷打知名度。這類型的員工通常在發佈新聞稿方面極具能力，但若要他們打開媒體曝光的大門，則其能力可就有待考驗了。

近來，專業公關媒體公司紛紛的成立，他們的主要任務是把演講者與作家介紹給新聞記者、脫口秀主持人，不過這些都是要收費的。此類型公司的收費從三百美元——上地方性電台的脫口秀，到六千美元——上全國知名的電視脫口秀節目，如「今日」或是「賴利金現場」等脫口秀。如果你專精於現今某種時事性話題，或是你最近出了一本新書，那麼你要上這些熱門節目的機率就比較大。明尼波里斯媒體公司一直以來，便很成功的讓許多的演講者及作家大量的曝光，這一類公司的資料並不難找尋。

網路——越來越多的演講者指出，網路幫助他們踏上了成功之途。有些演講者利用價格低廉的軟體來設立自己的網站，有些演講者則透過連線顧問公司的協助來設立自己的網站，不過這並不是簡單的事情，因此對那些全職的演講者而言，與網路連線顧問公司合作似乎是較合理的方式。專技中心會設計出許多成功合作的專業服務實例，好讓演講者可以放心的與他們進行連線合作。由全國演講者協會所經營的連線顧問公司，便開發網路服務，以取得所有正在尋找演講者的會議規劃者的資料。還有一些連線服務公司會提供你的視聽帶給潛在顧客，甚至連線提供給他們一些你所寫的文章、演講行程、通訊錄的影本，以及其他你希望提供的資料。

網路並不是全能的：你必須設法讓你的顧客及潛在顧客知道如何在網路上找到你。因此，網路行銷必須詳細的提供你所有的資料以及你的文章等。

廣告——付費買下專家名錄中的一個位置，這其實是一種廉價打知名度的方式。許多近年新興的公司以上新聞雜誌和電視脫口秀的方式來提高知名度，其中最大最老的雜誌資源為《專家、作家、代言人年鑑》，這本年鑑的發行量高達二萬本，願意付費要求刊登廣告的各類演講者便高達一千五百人左右。名錄中所附的二百頁索引，可以讓讀者輕易的找到所需的主題、區域、公司組織。出版公司的網路不但讓使用者可以全然的看到專家名錄所有內容，也可以透過網路和其中的個人網站連線。

另一種媒體選擇便是出版《電台/電視訪問報告》，由賓州的巴德利傳播公司出版。不似年鑑那般的厚重，這是一份只有六十四至八十八頁厚度的期刊，每個月三次的將它分送到四千位脫口秀主持人的手中。根據購買其中版面的演講者指出，他們接到無數探詢他們演講主題及演講意願的電話，有些還是廣播界的大型媒體公司。

透過各類印刷媒體廣告的刊登，那些資料可以進到那些無時無刻都在尋找演講者的公司董事手中，這些人有時候甚至會高薪僱用廣告中的演講者。由全美執行協會總會所印製的《組織管理》，便是針對其二萬三千名會員而發行的，教導會員該如何使用專業演講者。另一個區域性名錄的例子為《西方組織新聞》，其讀者不但遍佈西部各州，協會每年所負責規劃的會議也高達十五萬場以上。至於州際及區域性的組織名單，則可由華盛頓區的全美執行協會總會取得。另外，在同行的印刷媒體以及通訊錄上刊登廣告，也是那些想要建立安全領域的演講者一個自我行銷的好方法。

工作網——每一種已獲得定位的技術都是值得擅加利用的技術。人們可以從媒體或是電腦螢幕上看到你的名字，在收音機上聽到你的聲音，或是在電視螢幕上看到你的面貌，可是他們卻都未曾想過與有權僱用你的那些人做一場面對面的溝通對談，其實每一場演講都有可能是工作網的一環，每一場會議前後的溝通都充滿了無限的契機，可能為你帶來更多的演講約。許多演講者便知道要靈活的運用各種聚會來拓展他們的演講機會，因為與會者都可能會是將來僱用他們上台演講的人。就以一地方性的層次而言，商會是演講者拓展工作網的絕佳場所。從事安全領域演講的演講者會不斷地參加領域內的各種聚會，而全國性會議專家的區域性聚會，也極歡迎不具會員性質的演講者和訓練師參與。

奠定地位的最佳工具就是你的高度演講名聲。在整個演講的過程中，聽眾可以感受到你對題材的深入研究，你所講的故事既新鮮又有創意，你的表達技巧不落俗套，而你的人際關係既體貼又具道德時，你的表現將為你招來日後源源不斷的演講機會，就算不上任何媒體做自我行銷，相信你的演講場次也不會有匱乏的時候。此外，你所得到的知名度將會成為你未來無往不利的利器，讓你在收入與支出之間永遠不會出現赤字。

交際接觸

一旦你在演講領域建立穩固的地位後，人們便會體認到，必須付出高價才能聘請到你開口。這時，你不妨把自己的領域地位當成工具，讓自己出現在客戶的名單中，這些工具有時可以讓你直接取得客戶的交際。不過，就長期觀之，想要建立一個具有獲利性質的演講事業，就必須要有一套更具系統性的行銷方案，這套方案的目的在於取得與決策者的接觸，以確定你的演講機會不會被他人所取代。

想要掌握幕後負責僱用演講者的名錄是一件難事。不論對任何一個層次的演講者來說，那都是一份極不確定且困惑的任務。那些具有公司會議規劃頭銜的人，也許他們偶爾會參與聘請演講者的任務，但更多時候他們所接觸的其實是會議的其他層面——地點、菜單、座位、視覺輔助器材及其他後援性質等層面的工作。如果你所要尋找的目標屬於訓練研習營的性質，那麼公司的訓練經理也許是你該接觸的人。不過，有不少的公司會將其訓練事宜交給專業的訓練公司，如此便毋須費心尋找訓練師，也毋須專程通知訓練師舉辦訓練事宜。找尋真正決策者的一個重要的場所，是大型公司的股東經理人，為了增加利益的分享，不論是研習會或是勵志性會議，這些人也許會扛起會議設計的責任。至於比較中小型的公司，在這一方面的權利就很有可能落在執行秘書的身上，不過最後還是要經過執行者的同意。銷售經理則具有決定銷售訓練師或是勵志性演講者人選的權利。

在高度分權管理的公司中，員工委員會也許具有決定演講者人選的力量。維奇・蘇利文（Vickie Sullivan）專事演講者行銷諮詢的工作，他寫道：

由於公司的行銷市場中，演講者選擇／訓練委員會都是新的領域，許多委員會的成員根本不知道聘用演講者或是訓練師的事宜，因此他們通常會建立一套內部的程序，將演講主題與演講者做一番事前的篩選。以下就是我最常見到的內部程序：開發出一套評估工具，蒐集各種結果，報告各種結果，選擇主題，開發臨時性的演講者（這個步驟有時會被忽略），檢驗提案，進行首次草修，然後做出決策。結果：一份狹義的草擬程序，也是最普遍行銷活動——透過電話來說服對方。當在位數年之後，公司組織委員會便會成為教育委員會的專家……透過委員會成員的運作，來推動篩選的程序……你的效率在於你對其他人具有多少的影響力，讓他們再為你去影響更多其他的人。[7]

電話依舊是不可或缺的接觸工具。隨著電話答錄機、聲音郵件日益普遍，行政助理的嚴格把關，想要與特定的人選取得直接聯絡，便顯得格外的困難。一般而言，電話的最大用處在於事情的約定。另外一種聯絡方式，則是透過電子郵件，這種方法廣受演講者的喜愛，甚至有取代電話溝通的趨勢。一位專業的演講者會透過電子郵件發後續性的問卷給其潛在的顧客，由於這些顧客不會回電給演講者，因此演講者大多以電子郵件的方式要求顧客在回答問卷後，直接寄回給演講者。訓練公司的董事喬依·邦那拉（Joe Bonura），他便曾將一份問卷傳真給其潛在顧客，要求他們完成問卷後並預定一個電話約會時間進行討論。有些潛在顧客便透過電子郵件來回應演講者的要求。邦那拉寫道「他們聘請我從事四天的訓練工作。後來他說他很感激我們在做出推薦之前那麼認真的去認識他的公司。他最後之所以決定僱用我，是因為我們提出了電話約會的要求，對他而言，他覺得感受到專業與被尊重。」8

另一值得注意的是，傳統企業或組織中的會議規劃者對演講者的選擇有著極大的差異。一般而言，決策者的態度都顯得極為保守——他們絕不會挑選那些行事方式無難以預期，或是會威脅到規劃者地位的演講者，而這也就是為什麼與決策者保持接觸的重要之處。在接觸溝通的過程中，提出可以協助決策者達成滿意決定的問題與保證是十分必要的。

結束

行銷的最後一個層面是讓會議規劃者點頭答應。陳述銷售產生方法的最簡單方式是，所有的變化都能夠獲得雙方的肯定與認同。「幾乎、大約」這樣的字眼是行不通的。

如果先前的定位與行銷工作都已經技巧性的完成，那麼唯一剩下的就只是會議規劃者心中的一些問題而已，雖然他們有時候會表達出來，不過大多時候他們是不會說出來的。當演講者準備好要面對這些問題時，也就是將要和會議規劃者達成共識的時候了。

會議規劃者的第一個問題是，這一位演講者是否能夠達成會議的目標？如果定位與行銷的層次都已經沒有問題，那麼接下來的問題便是價錢的問題了。假設演講者和會議規劃者對於定位問題都已經達成了共識，那麼不論你的價格是在五百美元到一千美元，或是三千美元到五千美元之中，你都要在價格上取得一個共識。雖說有些演講者宣稱他們從來不會收取高於事先談妥的價格，但是絕大多數他們是不會放棄任何可以議價的機會的。當重要的決策者將會出席聆聽，或是演講者緊跟在決策者後面主講時，這種議價可能還包括降低價錢。例如，當演講者的價格談定之後，勵志性的演講者可能還會免費的附贈一場潛能開發的課程。當雙方關於會後書籍及錄音帶銷售的條件達成共識時，演講費可能也會因此而有所變動。如果演講者本身還是某一個領域合格的顧問，為企業或組織從事顧問的工作，則其所主講的會議便可能達到主僱雙方都滿意的程度。當會議規劃者想要某一位演講者，而那一位演講者極想要該場演講時，這一場演講的合約便已不再有間隙。

當我在田納西州的特古倫大學教成人及推廣教育時，有一天，我接到一位在另一所規模比較小的學院教書的好友來電，他說：「我們正在尋找一位基本政策演講者。我們希望這個人能講一些輕鬆幽默的事情，不過最重要的還是在基本政策的傳達，我們期望能將小型院校成功的推銷出去。」他知道我在特古倫大學專門負責這種方案，而且推行得頗為成功。我們推廣教育部的招生情形從一開始的五百名到八個月後的二千名，成績可謂十分的斐然。我的這位好友想要知道當初我是如何來推動那個方案的。基本上，那是一種人際的技巧——事情瑣碎、顧客服務良好還有電話追蹤以求顧客的滿意程度。

當時我曾想，我真的適合做這種事嗎？我這一輩子都在教書，從來未曾站到台上演講過。我告訴他我不能接受那場演講，但他卻答說沒有關係，不過到時候這個方案從頭到尾都會掛我的名字，因為他認為我會很樂意這麼做！為此，接下來那幾個星期我努力的練習演講。我舉辦了一場聚會——那是一場充滿笑聲的聚會。事後有人——他是全國演講者協會的成員——來到我的面前，他問我從事專業性演講有多久了。我回答他：「大約四十八分鐘！」

此後，開始有人來電要我去演講，同時大約在六個星期後，我在迪斯奈開始了我生平的第一次演講。那一場演講，他們問我要收多少的演講費，我說他們覺得該給多少就給多少。當我收到那張二千五百美元的支票時，我嚇了一大跳——那幾乎是我一個月的薪水！這真的是我嗎？就那樣！我第一年所接到的演講約便讓我忙到必須辭掉原先的工作，正式成為一位全職的演講者。

——代爾．亨利（M. Dale Henry），演講者，為田納西州金石堂市「你最佳」有限公司負責人。

（續前頁）

注釋——

1. Robert Johnson, " For One Reagan You Can Get Many Mikki Williamses," *The Wall Street Journal*, January 30, 1992, p. 1.
2. Robin S. Sharma, " The Future of Work: Spirituality in the Boardroom," *Sharing Ideas*, October/November 1996, p. 10.
3. John Alston," Topic Development," *Professional Speaker*, October 1996, p. 4.

4. Steven Seligman, "Non-Academic Learning for Busy Adults," *Sharing Ideas*, Fall 1996, p. 9.
5. Barb Schwarz, "Using Sponsors to Increase Your Speaking Business," *Professional Speaker*, May 1995, p. 36.
6. Bob Bloch, "Designing a Speaker's Viable Marketing Plan," *Professional Speaker*, September 1995, p. 30.
7. Vickie Sullivan, " Who's on First: Selling Your Programs to Education Committees," *Professional Speaker*, May 1995, p. 12.
8. Joe Bonura, "Four Creative Selling Ideas from an Ad Man Turned Speaker, *Professional Speaker*, September 1996, p. 28.

9 演講業

許多演講觀察家都只注意到聽眾面前的演講者。這種只看到演講者與聽眾的現象，就好像在觀察保健業時，只看到醫生與病人一般。任誰都知道，醫生與病人的關係無法自立於一般人與機構的雜龐大系統之外，這個系統具有極大的醫療貢獻：擁有極大的行政人員、技術人員、護士、維修人員的醫院；健康保險公司；手術器材、內部需要及餐飲服務等供應商。一如醫生在醫療系統中的地位一樣，在演講業中扮演最重要角色的當然是演講者——他是大眾目光的焦點，演講的收入要比幕後的任何一層次的人員都還要高。可是，如果沒有幕後人員與聽眾的協助，演講者是不可能成就一場成功的演講的。在最近這二十五年中，專業演講人數的成長已經製造出了不少的公司、協會、組織及顧問團體，數目之眾已到了可以將此行冠以工業的名稱——演講業。

若要細數我們社會中公共演講的故事，尤其是站在其領域內的角度來看，則我們就必須仔細地觀察不斷成長的人員與機構數目——演講者人數在成長，聽眾的人數在成長，演講機構的數目也在成長，演講者與聽眾間的互動程度越來越高。若沒有這層互動現象，現在也就沒有這麼多演講者可以在這個領域中立足了。本章的主要內容便是要探討這些幕後的角色，以及每個角色的變化。不過，這其中並不包括諸如印刷業、律師業、電腦銷售業、會計師業及辦公室家具採購業，這些行業的利益完全是演講者與訓練師每天面對著成千上萬聽眾所得來的。當然，來日自會有人去統計演講業對美國整體經濟所造成的影響，也會發現這個行業的龐大力量。

你之所以到這裏還沒有放棄閱讀這本書，因為你有興趣為你自己找出公共演講的意義。也許你是一位演講俱樂部的成員，藉此尋找來日可能踏入此行業的契機；一位想要成為勵志演講者的大學生；一位身價日趨下滑的執行長想要找尋新的可能；想要在社區中更具知名度的心理治療師，藉此來擴充業務。透過一個小但具有生命力的行業的幫助，你可以獲得你理想所需。如果你是一位經驗豐富又專業的演講者——兼職或是全職——也許你會注意到本章提供了許多協助之道，這些方法都可以幫助你踏向成功的坦途。

此外，為了你自己的緣故，也許你會希望在沒有準備及不需要上台演講的情況下，對公共演講的現象有所貢獻。下列的題材也許可以開拓更寬廣的選擇，讓你明白其實要加入演講領域的方法有很多，就算你從來未曾上台講過話，公共演講領域也不會因此而把你拒於門外。詳列於此的許多演講領域的要素都已分別在本書各個章節中探討過。本章的宗旨是將領域中的要素加以歸納，讓讀者可以輕易的了解每一個細節。

演講者經紀公司

在過去的數十年中，演講者經紀公司數量的成長極為驚人。自從一九七〇年代中葉以來，演講經紀公司在美國已超過五百家之多。此外，雙月刊《分享理念》雜誌每期也都刊登六家以上的新演講經紀公司名單。不過，成長最速的地方還是以國外為主，加拿大、澳洲、英國以及其他十幾個英語系國家，這些國家的演講經紀公司正急速的成長中。甚至連瑞典、台灣、委內瑞拉這些地方也都有這一類型的機構存在。《分享理念》雜誌只刊登新成立的公司，目的只是為了特別訂購之用。

附設有這一類單位——有時稱為演講部——的組織，是有志者進入演講領域的一個管道。較大型的單位還會僱用經紀人員以及那些專門在名流圈及校園演講的人。新加入這領域的大學畢業生則特別有利於校園演講行銷。較大型的單位除了僱請行銷及財務人員之外，也僱請文書職員來處理每日的事宜。

由於演講經紀公司很難擠進去，因此要加入這個行業最有可能的管道便是從你自己開始。許多新手深入了解與認識這個行業的方法，便是去請教那些孤軍奮鬥的成功者。他們推動自己的方案的方法是，積極地加入演講經紀同業協會、國際經紀與經紀集團。有些人則採取更直接的方式，藉由不斷地聽錄音帶來吸取他人的方法與經驗——「如何開始並建立一家成功的演講者經紀公司」，由多帝・華特斯（Dottie Walters）與史莫斯・懷特（Somers White）主講，加州皇家出版公司製作。如果你已經是一位成功的演講者，則不妨考慮加入其他已經成立的經紀公司，因為他們已經知道該如何經營經紀公司，再加上利用他們在演講界中多年的人脈——包括會議規劃者與演講者雙方的人脈。一個明顯的例子是前足球明星法蘭・塔肯頓（Fran Torkenton），他不但是一位勵志性演講者，同時自己也擁有一家演講者經紀公司。

一般性演講經紀公司

一般性演講經紀公司，有時又稱為全面服務演講經紀公司，不論任何類型的聽眾要求的主題，他們都有辦法找到演講者。有時候此類公司的屬性會比較偏向某一特定的區域、領域或是行業。不過，他們基本上都是綜合性的經紀公司。他們可能把自己的演講者推薦給顧客，但也會與其他的經紀公司合作，找到最適當的演講者，這種合作關係又稱為共同經紀。堪薩市的五星級演講者與訓練師、印第安拿波里的魅力製造廠、賓州的演講者服務中心、麻塞諸塞州的演講者公會、聖地牙哥的起立喝采公司等，都是此類型公司的名例。

一般而言，演講經紀公司對演講者所抽的佣金為演講費的百分之二十到三十。

名流經紀公司

一如紅道局請到查理・狄更生、馬克・吐溫及其他著名人士一樣，許多演講經紀公司在聘請演講者時，也只限於名流圈。例如，華盛頓演講經紀公司只與全國三十位知名的演講者合作，這些演講者的索費極高，但他們卻代表著一個獨一無二的族群。紐約的亨利・華克經紀公司、天生演講者工作網經紀公司、波士頓的美國方案經紀公司等，都是以名流名嘴高價位為主要走向。華盛頓都會區的奇普勒協會除了名流名嘴外，也提供商業屬性的演講者以爭取校園市場。即使是較小型的演講經紀公司也提供名流名嘴的服務，諸如加州的娛樂聯盟便是一例。

目標市場經紀公司

一如某些演講者專注於目標市場一樣，許多新興的演講經紀公司的服務對象也鎖定特別的市場。華盛頓區的利益國際演講經紀公司的合作對象，便只限於能夠激勵人心的運動員與教練。位於紐約市附近的驚嘆演講經紀公司所服務的聽眾只限於大學院校的學生。波士頓的派頓顧問服務公司的業務則只限於非營利事業團體。芝加哥的當代廣場所聘請的演講者只限於作家與詩人。康乃迪克州，新倫敦的譚姆製作中心所聘請的演講者則只針對少數民族。加州的階梯演講經紀公司則鎖定擅長於宗教類型的演講者。男同性戀與女同性戀演講者則可以在洛杉磯找到不少的演講機會。印地安納的農業／專業演講者工作網則鎖定農業領域。巡弋類型的演講經紀公司也有其特定的服務對象。

此對目標市場經紀公司的描述，或許在這個競爭日益激烈的時代中，可以提供給那些想要進入演講領域的人士有更多的選擇和希望。

演講者的代表者

演講者本身也會有代表者，這個代表者不但可以拓展演講者的領域範圍，並可以讓他們免於找不到演講市場的恐懼。這些代表分成兩種類型：經紀人與經理人。

通常，名流名嘴會將他們的演講事宜交給經紀公司全權處理。他們也許會有屬於個人的經紀人，再不然便是數個名流共同請一家公司代表自己對外接洽一切演講事宜。相對的，也有一些名流將這一切的事宜委託律師代為處理。一般而言，這一類經紀人所收取的費用是演講費的百分之十到十五。

那些演講行程緊密且索費又高的演講者，他們也許會以支薪的方式僱請一位經理人，或是抽佣方式的合作夥伴，請他們來協助處理自己的演講事宜。這種類型的演講者會自設公司或是在家中成立工作室，而這其中最普遍的模式是，這位經紀人／行銷人員就由演講者的配偶來充任。此類的經理人不只會費盡心思的去推銷演講者，而且還會為其安排演講的行程及交通事宜，並代回聽眾的來信。當著作與錄音帶成為演講者一項重要的資金來源時，經理人或許還會與印刷廠及錄音帶製作者合作，親自參與整個製作過程。經理人所要處理的事項非常的繁雜，只要與演講有關的事務都是其工作的領域。

從事這類型工作的人數多到足以組成一龐大的族群，而且還會在全國演講者協會的大會上自行舉辦一個聚會。在演講領域中從事幕後工作的那些人，以及那些對這個行業有絕佳企劃能力的人，他們能夠開發出一份既成功且高報酬的事業，他們是演講者的幕後代表族群。

公共研習公司

公共研習公司（前文已經討論過）會以特殊的主題，在都會區舉辦一至兩天的研習營。對參與者而言，一天制研習營的成本相當低廉，參與的人數也極為踴躍。不論指導這種研習營的演講者是兼職或是全職性質，使用標準化的課程上課是他們一貫的選擇。

除了扮演研習營演講者之外，他們還是獨立的承包者，每一家此類型的公司都會僱用一位職員，這位職員具有領域中某一層面的專長。這些職員包括接待員、簿記員、安排行程的職員、行銷人員及經理人員。有些職員會設計編寫課程；有些則負責協助指導者上課；有些則專門負責處理登記及日常雜務；更有些人則跟隨在演講者身邊，監督他的演講品質。

會議規劃者

會議規劃者這個名詞極為廣義，包括規劃會議菜單的人、分配位子空間的人、大學學生主席的演講委員會及決定誰來擔任會議演講者的企業執行者。

在企業組織中，僱用演講者的權利大多落在執行者的身上，至於是那一位執行者，則視公司企業的規模與複雜性而定。在許多貿易企業中，執行者會推薦一至二位演講者給董事會或是會議委員會。這些人也許會採納執行者的意見，也許會要求多觀摩一些錄影帶，或是要求提供更多演講者的名字以供參考選擇。如果企業的規模很大，則部門的經理——諸如行政經理、銷售與行銷經理或是研究開發經理——便具有決定權。大專院校的決策過程就顯得相當的多樣化，那樣的過程包含了許多的學生與職員，因此對演講者而言，要向他們做自我行銷其實是一件很具挑戰性的工作。

雖說許多人並沒有將所有的時間投入演講者的選僱上，但是僱用及安排演講者行程的角色仍是非常重要的一部分。許多身處於企業中、組織中、大學院校中的人物，他們會投入大量的時間與精力來選擇演講者與訓練者，其目的是為了要讓公司、組織的運行更加的健康。

協會組織

物以類聚——志趣相同的人會團聚在一起。這是一種放諸四海皆準的人性取向。演講者與身在演講領域中的人們也不例外。有些演講者的聚會屬於非正式的小型聚會，甚至是在其中某一個成員的家中或是董事室中進行的。有些時候，他們則會邀集數千人齊聚於飯店中舉行會議。有些協會組織已經在演講的領域中成長茁壯，其中兩家是全國演講者協會及全球演講者俱樂部。我們在前文中已經對這兩家組織做過深度的討論。不過，在下文中，我們將介紹幾家較具規模的協會組織，包括這兩家在內。

全國演講者協會

一九七三年，卡維特．羅勃（Cavett Robert）與莫琳．康迪夫（Merlyn Cundiff）帶領了一小組的演講者組成了一家公司，期望能夠提升他們在講台上的工作表現，同時也求能夠提高成員間的素質。自從一九六九年起，他們便一直以贊助的性質於鳳凰城舉辦銷售研習營，也因此而讓協會中的許多成員自覺更進一步求知的重要性。一開始，這家組織只接娛樂性與勵志性主題的演講場次，接著，其成員漸漸的轉向以教育為主題的會議。一九七五年，當他們在鳳凰城所舉辦的第一次大會時，其核心會員只有數十人，再加上一百八十九位不具會員性質的成員，發展至今，其會員已超過三千七百人，參與年度大會的人數也超過二千人以上。其總部設在亞利桑納州，主要是推動一般協會性質的工作：保持與會員的聯絡、印刷促銷性及教育性的題材、基金的處理、提供與各分部間的通訊、規劃年度會議、回應會員的問題與需求等的功能。此外，全國演講者協會還提供專業演講者協會全球中心的服務，每年舉辦難以數計的研習營，並提供會員們連線服務。

全國演講者協會的三十七個分部全都是由會員自己經營。不過，一些較大型的分部還是聘請經理人員來處理會員們一些比較瑣碎的事宜——會議的登記、飯店、會場的預定、郵寄名單的整理、特殊活動的促銷——諸如演講者學校或是展示之類的事情及費用的募集與支出等。有些分部的會員也許願意來負責這些事情，不過必須支付薪水；再不然分部便會請一家專門為人處理這類事宜的公司來代勞。

全球演講者俱樂部

演講者俱樂部的創始者為瑞夫・史密雷（Ralph C. Smedley），他是基督教青年會的執行長，於一九〇三年在伊利諾州創立第一家青年活動俱樂部，並擔任那家俱樂部的教育執行長。除了這家俱樂部外，他也在其他城市創立多家俱樂部，不過這些俱樂部到最後都未能存活下來。一九二四年，就在他抵達加州的聖塔安娜時，那個想法又閃過了他的腦海——「我們就放手一搏吧！加州的好友們！」。全球演講者俱樂部終於在附近的城市迅速地拓展開來，當一九三二年加拿大成立了第一家演講者俱樂部時，終於將這個俱樂部發展成為全球演講者俱樂部。

這一大邁進使得全球的會員人數快速地增加，全球各地的會員總計超過十七萬一千人，分部更高達八千二百處。位於加州一處設備現代化的大型分部中，其專業的演講者便高達六十餘名，協助處理分會內部各項工作的人員更是難以計數，他們的任務包括行政工作、行銷服務、錄音及錄影帶製作及一份取名為「俱樂部」的三十二頁月刊的編輯。而一部系統複雜的電腦，更讓俱樂部各個大小地區的會議與比賽一覽無遺，同時也取得參與者的充分認知。

無數俱樂部演講者目前都在演講領域、政府單位、專業領域的開發中佔居重要的地位，不只學到了傑出的溝通技巧，同時也學到了領導的技巧。身為全球演講者俱樂部的一份子，不論聚會規模的大小，都應該要踴躍的參與。

演講傳播協會

創立於一九一四年，屬性為演講教師協會的演講傳播協會，是一個全國性的組織，其主要的成員來自於各人類傳播層面的學者、研究人員、教師及醫師。它是全國最老也是最大的組織，透過每州分部的會員與海外二十餘國的會員，共同推動學術與教育傳播的提升任務。此協會擁有無數分會，吸引無數有志者投入其中，包括修辭與傳播理論、應用傳播、公共演講、指導發展及戲劇等層面。他們強調傳播倫理、自由表達、精神溝通等。演講傳播協會除了出版期刊外，也備有一份中級學校與大專院校溝通傳播指導者的告示榜。

每年，都會有超過三千名以上的會員出席以四天為期的全國大會，他們參與此一盛會的目的在於找尋更廣泛的興趣。許多聯盟性質的組織也會參與演講傳播協會的年度大會，諸如美國法院聯盟、宗教演講傳播協會，這些單位除了舉行他們自身的領域會議外，也在其大會領域中提供方案讓外來的組織可參與。一如其他服務於演講業的組織一樣，演講傳播協會的職員也包含許多專業人士——教授、公立學校老師及行政員工。

為了讓廣大的愛好者能夠參與其中，也為了處理各地方性及區域性的出版事宜，全國各州及區域性的組織會舉行聚會。他們的結構及會議方案與演講傳播協會結構極為類似。

美國訓練與開發會社

美國訓練與開發會社於一九九四年慶祝創立五十週年紀念，當時其會員已超過了四萬五千人，大多數的會員都有參與全國性的聯盟，但有些會員則只加入區域性的分會。除了某些賣主會員外，所有的會員都需要加入訓練的行列。其會員來自各行各業的代表，從會計業到公共事業，訓練師將這個尖端的行業推向快速成長的坦途。每年的美國訓練與開發會社大會中，無論是總會還是美加地區的一百六十八個分會，都會聚集無數企業體員工、政府員工及訓練師。此機構的迅速擴張也許是其追求所謂「視訊2000」的最佳詮釋。意思是指到了公元二千年，它將會是——

- ◆帶領新風潮以求提升工作上的表現
- ◆尋找、創造、傳播世界上最成功的策略，以求工作上更好的表現
- ◆永遠是工作場上學習與表現的最佳資源
- ◆與不同的個體、組織、社區培養合作關係，以求增進工作場所的學習
- ◆身為一組織機構或是組織的會員，要為未來的學習與專業發展創造無限的機會

由於適合訓練之類的演講者無數，因此有些演講者歸屬於美國訓練與開發會社，而有些美國訓練與開發會社的會員──尤其是特約演講者會員──則是全國演講者協會的會員。

校園活動全國協會

校園活動全國協會成立於一九六九，主要服務項目為簽定一些娛樂界人士從事大專院校校園巡迴演講事宜。沒多久，它開始增添演講者。為了讓院校的活動降低成本，在簽定演講日期時，校園活動全國協會與其他幾個機構採取合作的方式。一位演講者、一組搖滾樂隊、變戲法者、催眠者或是喜劇表演者等，都可能在同一天中出現在同區的好幾所學校中，如此一來便可降低每所學校必須支付的演講費用及車旅費。這個協會的經營方式正好與文藝表演演講者協會的經營方式相反，文藝表演演講者協會只經營高知名度、高酬勞的演講場次，諸如交響樂團、國際知名舞蹈團及戲劇製作等。

校園活動全國協會的主要功能之一，是贊助年度大會，外加一些區域性大會，在這些大會中，大專院校的學生及職員可以到場試聽，然後再與演講者商談校園演講的事宜。其位於南加州的總公司還僱有專業員工與贊助人員。

演講經紀業的國際集團

演講經紀業的國際集團與立志以演講為職志者有著不可分割的關係，總公司位於印第安拿波里，主要業務是為演講者經紀團體。此一機構在一九八〇年代中葉創始於加州，創始者為多帝．華特斯，它將全國各地許多零散的演講經紀公司聚集在一起，這其中有部分的公司正遭逢許多難以解決的問題，如區域中的道德倫理問題、費用增加問題、演講日期排定問題、合約問題等。此集團可供利用的資源豐富，正好可以協助旗下公司解決問題。這個機構自成立以來，成長非常迅速，也吸引了更多演講經紀公司的加入。目前，這個集團每年為演講者舉辦年度展示會外，也推動共同經紀演講者的合作方案，還舉辦研習會，讓所屬的演講經紀公司學習網際網路的使用及吸收其他不斷改變的新知。此機構目前交由一家位於印第安拿波里的專業協會管理公司來管理。

國際講台協會

國際講台協會的最主要活動為夏季大會，大會舉行的地點在華盛頓，演講者來自美國兩大黨、校園巡迴演講者及企業共同體的代表者。此機構成立於一八三一年，創始者為丹尼爾・韋伯斯特（Daniel Webster）與賈許・布洛克（Josiah Holbrook），當時取名為美國講堂協會，每年所舉辦的聚會都可以吸引數百人來參加。其所僱用的演講者除了國內知名的名流之外，也有一些名不見經傳的演講者。取名為「演講階梯」的演講比賽總會吸引來無數的競爭者，最後奪冠的人將會成為協會的主力演講者。另外，機構也舉辦演講研習營，派員專門指導學員的演講技巧，說故事演講是此研習營的主要型態。國際講台協會的總部設在伊利諾州，由一小組的職員經營。

製作者

展示會

隨著演講領域的急速成長，會議規劃者在選擇合適的演講者時，所面臨的挑戰也就越來越大。那些負責篩選演講者的人，總會收到一大堆的手冊、錄音帶、錄影帶及電話，都是來自想要爭取演出機會的演講者、演講行銷人員、演講經紀公司。若與同僚或其他會議規劃者討論，相信你會聽到很多紛亂不一的意見，到最後你還是會無所適從。其實最簡單有效的方法是，找機會親自聽聽演講者的演講。

為了回應消費者的這項需求，展示會於是蓬勃的興起，成立展示會的目的，是要讓會議規劃者能夠親自聽到各種類型演講者的演講，讓他們與演講者直接見面並討論演講時間與日期。有些展示會是由演講經紀公司舉辦，有些則是由全國演講協會的分會主辦。有些展示會的時間為半天，有些則為一天。目前歷史最久、規模也最大的展示會是由喬治亞市的喬登國際企業公司贊助舉辦。展示會的數量雖然快速地增加，但始終以它為典範。主辦單位通常會要求演講者分擔展示會的成本，有些主辦單位還會要求會議規劃者給付少量的登記費，不過這筆費用通常是由會議規劃者的公司或是協會支付。同樣的，全國演講協會的各個分會也會邀請會議規劃者到出席區域中的展示會，分會的演講者會在其展示會中做一簡短的演講，以期能夠從所有聆聽演講的會議規劃者中找到合作的契機。

後援營／研習營

大都會居民對那些遍數不及的行銷方案瞭如指掌，因為主辦單位總是在市中最大的禮堂中舉辦大型、全天性的勵志演講會或是研習營。他們會透過全版的報紙廣告、電台及電視廣告、郵件遞送等的方式吸引人們參與。他們還會與人力資源執行長達成協議，然後發給員工們折價券。高知名度的演講者如齊哥．齊哥勒、曼諾．史瓦茲柯夫將軍、運動名星及其他的名流等，會為主辦單位吸引來數千群集的聽眾。而這類研習營製作人的身價就視門票的收入而定。不過，除了門票收入之外，製作人也可以從演講者的著作、錄音帶及錄影帶的銷售中獲得不少的利潤。

這類研習營肇始於一九五〇年代，創始者為亞利桑納州的約翰．漢蒙（D. John Hammond）。目前全國規模最大也最成功的研習營製作人則是譚普國際演講協會成員彼德．羅伊（Peter Lowe）。譚普國際演講協會在全美各地贊助舉辦同性質的研習營。從一九九六年到去年，參與此研習營的人數成長了百分之五十，目前的與會人數已高於三十萬八千人。明尼拿波里的巔峰演講者工作網協會則在十個主要的城市舉辦了一連串的研習營，在每個城市推出七夜方案，每一夜的時間為一個小時。就年度費用的計算上，公司行號與員工個人兩者間的收費不同，不過所得到的服務並沒有什麼不同，同樣都可以聽得到諸如布萊恩．崔西（Brian Tracy）、泰利．布雷德蕭（Terry Bradshaw）以及里斯．布朗（Les Brown）等人的演講。位於密西根州的一家體制很小公司「樂觀工作網」，它便分別在底特律、克利夫蘭、匹茲堡等城市舉辦超級研習營，所吸引的聽眾超過五千人以上。

透過這種規模的研習營就想要打入演講領域是極端困難的。想要請名流來演講，就必須要有一定的聽眾數才能平衡掉演講者的費用；若要請一位名不見經傳的演講者，其費用雖低廉，但誰也不敢保證能夠吸引來多少的聽眾。舉辦這種研習營需要有充裕的資金，不但為研習營做行銷，還要承擔各種失敗的風險。

講稿撰寫

在演講領域中，講稿撰寫的所得高於所有人。原因之一是，許多從事演講寫作的人，他們都在企業機構、軍事機構或是其他政府機構中身居要職。當今，已經少有人們從事專門演講寫作的工作了。時常在公司簡訊中發表文章的演講者可能會有興趣從事這樣的工作。而當大型企業要找尋公關經理的時候，他們也可能會刊登這樣的徵人啟事：

> 管理公共關係方案；開發及應用政策的傳播規劃；與新聞媒體、顧問團體建立良好關係，確保報導的正面及正確性；開發及撰寫演講稿；錄影帶腳本的撰寫，題材簡介的撰寫；對外接受訪問事宜的處理；準備發言人。

有些自由作家因為與企業、政府部門的上層執行者建立起良好的關係，尤其是在企業的公關部門方面，因而往往發展出撰寫演講稿的行業來。很不幸的，隨著許多企業的經營日趨走下坡，撰寫演講稿的機會也跟著大量的減少。不過，在芝加哥區，企業公關部門的演講稿撰寫者及自由演講撰寫者組成了一個「演講稿撰寫者圓桌會議」，定期每月開會。此外，在其他幾個比較大的城市中也有相類似的聚會。華盛頓都會區所擁有的講稿撰寫者可能是全國最多的地區，因為這個地方是各個政府部門的所在地、所有企業的總公司所在地，所有遊說公司的總據點。

期　刊

演講者部分

對於有志於公共演講領域的人，有三種主要出版品對他們的演講事業會有極大的助益。一為專業演講者，這份期刊所鎖定的主要對象是那些部分或全部以講台維生的演講者，他們一般是全國演講者協會的繳費會員。這份期刊的報導內容以協會會員及活動為主。二為俱樂部期刊，主要報導的對象也是俱樂部的會員。三為《分享理念》雜誌，由加州的皇家出版公司製作，不限定報導的對象，不過還是以演講者及具啟發性演講者，但也報導賣主及其他人們與演講領域間的關係。此外，它還出版演講者的著作、錄影帶、演講經紀公司的活動消息、巡迴演講及國際性演講的消息、科技潮流及相關演講領域的短篇及實用性文章。

有志於書寫公共演講或是演講領域的人們，這幾家期刊都非常期待他們的文章與觀念。除了這些期刊之外，還有其他無數的刊物也都歡迎有志者投稿。甚至是演講的腳本，這些出版者也都不排斥。《當代活力演講》期刊在一般的公立圖書館中都可以找得到，另外，領域中的出版者及公民演講者也會舉辦出版演講，這些管道都十分有助於撰稿者發表文章。

演講稿撰寫者

演講稿撰寫者可以從他們所訂購的出版品中得到極多的概念。《演講撰寫者通訊錄》是由芝加哥雷根傳播公司所出版的半月刊，它還有另一個名字叫《沈默專家的聲音》。其內容除了演講稿撰寫者所提供的文章之外，還有一些在演講時可派得上用場的奇聞軼事、統計數字、幽默小語、智慧語錄等。由俄亥俄州的德頓出版公司所出版的《執行演講者》為月刊性質，這份刊物的優點在於它能夠對重要的演講提出深入的分析。它除了提供許多開場、結論與主體的實例，還提供所謂的「資源」給演講稿撰寫者，這些資源包括書籍著作、錄音帶、錄影帶、光碟片、下載軟體、智慧語錄、其他套裝軟體等。完整的演講腳本也有其特殊的用途。雖說演講的內容主宰於演講稿撰寫者的手裏，但是對那些極度重視演講品質的人而言——尤其是語言使用的精確度方面，他們覺得演講稿是一場演講的重要關鍵。

演講者的資源

書籍

大部分的書局都有銷售書籍與錄影帶，這些資源是有志於演講事業者的絕佳資源。如果你有申請網路，那麼網路上所提供的書訊會讓你有更廣的選擇，因為網路是「世界最大的書局」，它可以提供有序的準備與練習，除此之外，還有各樣的題材供有志者選擇。另一項資源是那些郵址供應者，他們會將自己所出版的相關書籍與錄影帶目錄郵寄到你的府上，其中有些書籍便是針對那些有志進入演講領域族群而出版的。

這一類的書籍都屬於方法實用手冊，而且在市場上的銷售程度都不差。如果你對演講的入門有自己獨特的方法，那麼你不妨找一家出版公司試試出書的可能性。

軟　體

一個對演講者有幫助的資源，就是體積較小但種類豐富的軟體，Microsoft Word 與 WordPerfect 都有出版這類型的軟體。另一種相關的軟體則是PowerPoint 與 Astound，這類型的軟體可以製造複雜的幻燈片、多媒體演講效果。

第三種可供利用的軟體是「視窗互動演講稿撰寫者」，這套軟體由歐林及培根公司所出版，廣受校園教學的歡迎。它是一種菜單驅動軟體，引導使用者完成一場演講，諸如此類的軟體時時都在推陳出新。

行銷服務

連線服務

自一九九〇年代中葉起，電腦科技為演講領域帶來了一個新紀元，一種為演講者與會議規劃者上網連線的服務。最早使用這套軟體者是威利・布克（Wally Book）、甘・巴利（Ken Braly）、杰夫・沙尼（Jeff Senne）等人，這幾位全國演講者協會的會員明白這是未來演講事業中必備的工具。還有些人則組成公司上網，尤其世界性的網路更是不可不用，因為網路上提供了演講者與會議規劃者許多合適的場地。這些公司的策略是雙面的：(1)協助演講者開發屬於他們自己的網頁；(2)開發專屬的網頁，讓演講者可以在網頁上登錄他們演講主題、背景、顧客的推薦語。隨著科技的日新月異，會議規劃者也越來越能夠掌握管道找到演講者的資料。有些全國演講者協會的分會便開發出屬於他們自己的網頁，以求造福自己的演講者。

這麼多的供應者中，有多少人能夠真正的擠入行銷市場，又能在市場中獲得利潤，這才是真正的問題所在。一如任何一家新竄起的公司（尤其是科技領域的公司）一樣，比較優良的公司才能生存及獲得利潤；而比較弱質的公司則很快地會化成泡影。那些對演講領域充滿興趣，又能夠將科技與行銷技術帶進公司的人，也許可以經營一家成功的企業。

演講者名錄

印製演講者名單已是演講業中的老套作法。今日，許多演講經紀公司會定期的將自己旗下演講者的名錄寄送給顧客及潛在顧客。此外，許多演講者也創立演講者團體，藉此以達到自我行銷的目的，他們會各自分送自己的手冊與自己演講的主題，而且頁面要比任何演講者都來得醒目突出。

最近，又有一種新的發展是，將演講者與諮詢者的名錄分送到各新聞雜誌業者與脫口秀主持人的手上。我們在前一章已經討論過的一本出版品——《專家、作家與代言人年鑑：一本資源百科全書》。舉凡全國各地的報社編輯、脫口秀製作人與主持人的桌上，都可以看到這本出版品的蹤影。還有《廣播/電視訪談報告》也是一本便利的資源。它自封自己為「來賓與主持人必讀雜誌」，而且也因其具有極高的知名度而招來滿檔的廣告。每一種雜誌都有多寡不一的職員，這些職員有些負責業務的推廣，有些負責內文的撰寫與編輯，有些負責行銷與分發，有些則負責其他的行政業務。

不論你是否受僱於任何演講者，你所必須要發掘的是行銷服務系統，或是成功的推出各類演講者名錄的方法。不管如何，我們很確定的是——演講事業是一種不斷創新且快速成長的領域。

宣傳人員與顧問

如果價格合理的話，幾乎國內每家公關公司都會僱用一位演講者、作家或是顧問，不過他們之中卻沒有幾家真正認識演講領域。相對的，有些公司則會提供演講者絕佳的服務。如果你的背景足以幫助演講者打開其知名度，那麼你不妨站在顧問的立場，幫助演講者設計行銷計畫，或是扮演宣傳人員的角色讓演講者永遠成為閃光燈的焦點。如此一來，那些平日忙於各處奔波的演講者可以省下許多趕路的時間，甚至因此而成為一位宣傳人員，協助其他的演講者規劃他們的行銷事宜。

出版者

本書提供了一個出版實例——有無數的出版公司不但出版演講傳播方面的書籍，也出版了其他領域、個人開發、銷售以及其他主題的書籍。當演講者意識到出版著作的價值後，他們的著作便會擠上書局的書架上、雜誌的廣告頁上以及郵購目錄上。站在作者的角度觀之，吸引書籍出版的重要因素之一，是來自於著作權的被動性收入，或是來自於書籍銷售的較高收入。全職的演講者尤其重視這項收入，因為演講的收入並不絕對的穩定，而他們的書籍可以為他們帶來極豐的利潤。

出版公司的編輯或行銷等職務，為演講領域中從事溝通傳播工作者提供了極多的就業機會。還有些演講者及訓練師則乾脆自己開業出版著作。在演講領域中，最著名的一家此種類型的出版公司是柯羅拉多州的「書世界」出版公司。不論是寫作、編輯、設計、製作及書籍的行銷，出版公司都會與作者做充分的溝通與討論。其他許多個人工作者與較小型的公司則會與演講者合作，讓他們的著作可以上市行銷。

錄影帶製作者

在演講者行銷競爭上，有一幾乎不可缺少的要素是現場演講錄製的帶子——錄影帶、錄音帶或是兩者兼具。那些未曾與演講者有過實際接觸經驗的會議規劃者，他們只能由錄音帶或是錄影帶上看到或聽到的印象來決定選擇的對象。在每一個城市中，幾乎都有一、二家小型錄影公司，他們專門從事結婚、市民活動或其他活動錄影帶的製作。這些公司可以提供演講者專業品質的錄影帶，包括後製的工作——開場與結束音樂、收音、複製、包裝等。有時還幫助演講者經銷。至於較大型的公司所服務的對象也就較具全國性，同時也會僱請一些專業員工來強化他們的服務品質。

相較於錄音帶，錄影帶的製作就顯得較複雜與昂貴，但是製作過程卻與錄音帶的製作大同小異。這種工作只有大城市中一流的錄影帶製作者才有辦法完成，不過一些規模較小的電視台以及有線電視台也會提供這一類的服務，以增加額外的收入，而且所製作出來的品質有時也極佳。有一些小型公司，如加州的奇士尼傳播公司、RBS製作公司，便特別專精於演講者市場。更有些公司隨著演講領域的蓬勃發展而快速的擴充。

最大也最著名的錄影帶製作及經銷公司為伊利諾州的夜鶯·柯納公司。它的製作屬性不但為自己也為演講者帶來了大筆的利潤。許多小型的製作公司也採取同樣的經營路線，有些不限題材的製作，有些則特別專精於某一領域的製作。對於那些新興的製作公司與經銷公司而言，製作機會其實俯拾皆是。

指導員

在第五章中，我們已經詳細討論過那些有志於提供演講技巧訓練的機會。數以千計的人們受僱於公立學校、大專院校及如卡內基這種商業訓練組織中，專門從事演講訓練的教授工作。公立研習公司則會聘請更多的指導員來協助訓練的事務。公共演講專家也扮演教練的角色來指導企業的高級執行者、政治家及其他需要用到公共演講技巧的人們。有些人的學習是透過錄影帶教學方式，然後再利用電子郵件與教練溝通討論。只要有演講者站上講台，他們就一定需要演講指導員及教練。

為了因應越來越多有志於演講領域的人潮，演講指導員也成了一門新行業。經驗豐富又具高知名度的演講者，願意將他們成功的秘訣與有志於此領域者分享，當然，著作、錄影帶及研習營也就成了必須的附帶條件。這些細節有些都已經在第五章中討論過，然而演講者所提供給新手的不只這些而已，他們讓新手感受到最多的其實是一股希望。

訓練聯盟

許多另外開發出訓練領域的演講者，他們都與某些公司建立起良好的關係，因為這些公司都備有現成的訓練方案與題材。明尼拿波里的卡森學習公司就是此類型公司的代表。這家公司最大的特色是其DISC 行為評估系統，此外，其銷售與人類關係研習營也非常的著名，幾乎沒有訓練師不知道。其自編的演講表演教材便很受市場的歡迎，不少機構都是以那套教材作為自己公司研習會的教材，並將它轉售給機構中的訓練師。這種經營的方式也是這個領域中的一種新趨向。

每家公司的經營型態多少都有些不同，亞利桑納州的TTI公司便依照不同的主題，如建立團隊、銷售、溝通、顧客服務等，提供獨立的訓練師行為與態度訓練模式。在訓練研習營中，它同時也運用DISC行為評估系統，提供一些適當的套裝軟體。許多發展成功且擁有自編教材的小型訓練公司，也提供他們的產品給演講者使用，有時候會從他們的訓練費用中扣除，有時則另外計算。似乎，訓練教材的設計與銷售契機是源源不絕的。

賣主

許多與演講領域密不可分的商業組織——飯店、餐廳、戲院，這些機構就算沒有演講者，其生意也會十分興隆。其他的公司則會從其顧客中去找尋演講者與訓練師，而在某些層面上，他們只是顧客的身分而已。

翻一翻《分享理念》雜誌，我們不難發現，各式各樣的公司都在尋找具有豐富講台經驗的演講者與訓練師。在這份期刊中，我們也會看到其中的許多產品與服務都已在本章中出現過。此外，演講者從期刊中也學到了許多方法，如他們可以與財務服務公司合作更進一步的推展他們的事業——與信用卡公司合作銷售自己的著作與錄影帶；與一家可以為自己設立網站的公司合作；利用一具有律師身分的演講者所提供的爭議性問題解決服務；購買演講稿與著作代筆的服務；與提供顧客促銷廣告服務、影音錄製、與擁有複製器材的公司簽約；採用一貫性成功系統來發展演講事業；訂購附有演講者彩色照片的商業卡片；利用南加州的遊艇俱樂部舉行研習營。

演講者從賣主或是演講者大會中所收到的郵件還包括，具創意的教學工具——雷射與觸動式圖表、卡通式的器具、蠟筆等。有一家公司甚至提供先進電腦化計時器演講燈，可以讓演講者注意到時間的控制。投射燈與筆記型電腦的製造商所設計的多媒體產品，也極為吸引演講領域與訓練領域人士的青睞。許多公司則提供幻燈片影像服務，這類影像是從電腦檔案中抓取再加工製作成幻燈片或是投影片。還有許多演講者則會購買他自己的手提式公共演講系統，這套系統通常是可以和會議室的擴音器連接的。

本章所提到的產品與服務，絕對都具有提升及擴展演講領域的功能。顯而易見的，演講事業並不只屬於某一位演講者或某一個講台的，而是用來援助更多人的一種方法與手段。由於演講者和聽眾的人數每天總計高達數千人之多，因此便有人以此行業維生。

在這個剛萌芽的領域中——顯然是演講領域，我們的國家子民是這些人的衣食父母，不過也因為他們的支持，才使這些演講者更加的精益求精。不管怎麼說，在演講領域中的每個人都對這個國家有著重要的貢獻，他們促進了資訊與理念的大量交流。

如何成為名嘴——公益與私利兼具的演說　　Speaker 03

著　　者／William D. Thompson
譯　　者／丁文中
出 版 者／揚智文化事業股份有限公司
發 行 人／葉忠賢
總 編 輯／孟　樊
執行編輯／鄭美珠
登 記 證／局版北市業字第 1117 號
地　　址／台北市新生南路三段 88 號 5 樓之 6
電　　話／(02)2366-0309　2366-0313
傳　　真／(02)2366-0310
E-mail／ufx0309@ms13.hinet.net
印　　刷／偉勵彩色印刷股份有限公司
法律顧問／北辰著作權事務所　蕭雄淋律師
初版一刷／1999 年 3 月
ISBN／957-8637-82-9
定　　價／新台幣 250 元
郵政劃撥／14534976

南區總經銷／昱泓圖書有限公司
地　　址／嘉義市通化四街 45 號
電　　話／(05)231-1949　231-1572
傳　　真／(05)231-1002

國家圖書館出版品預行編目資料

如何成為名嘴：公益與私利兼具的演說 /
William D. Thompson 著. -- 初版. -- 台北
市：揚智文化，1999 [民 88]
面； 公分. -- （Speaker；3）
譯自：Speaking for profit and pleasure ：
making the platform work for you
ISBN 957-8637-82-9（平裝）

1. 演說術

811.9 87017398